君の小説が読みたい

玄武聡一郎 Soichiro Genbu

アルファポリス文庫

https://www.alphapolis.co.jp/

第一幕

君と過ごす七日間の話

君と作った物語を、今、始めよう。

十二月二日　月曜日【緑色】

『人の死は身近で起これば悲劇だけれど、遠くから眺める分には喜劇なのだろう』

そこまで書いて、キーボードを打つ手を止めた。

どこかで聞いたことのある言葉だと思って調べてみると、チャールズ・チャップリンの台詞（セリフ）とそっくりだった。駄目だな、と口の中でつぶやいて、パソコンを閉じる。

ふと思い立って小説を書くことにした。

あれは中学生か、あるいは高校生の時だったたか。まだ自分のパソコンなんて持っていなかった時分に、ノートに物語を書き綴っていた頃がある。

流行（はや）りも何も取り入れていない、ただ自分の主張を込めただけの物語を、思うがままに、ひたすらに。

どんな話だったか、詳しくは覚えていない。主人公が監禁されて、そこから脱出するために、個性的な仲間たちと一緒に知恵を絞る話だった気はするけれど……結局それを最後まで書き切ることはなかった。

とにかく、二十四歳になった僕は、ふとあの頃のことを思い出して、懐かしくなって、こうしてまた筆を執ったわけだ。

だけど、小さい頃に少しかじった程度の人間が、十年近いブランクを経て簡単に書けるほど、物語を紡ぐという行為は甘くないらしい。

本はよく読む方だ。

本屋に毎週通っていれば、今の流行もなんとなく分かるというもので。

だからこそ、自分にも書けるかもしれないなんて甘い夢を見てしまったのだろう。

「病気もの」「寿命もの」「タイムリープもの」「記憶喪失もの」。大体流行っているのはこのあたりだろうか。総じてどれも、最後には号泣できる作品であることや、感動できる作品であることを帯で謳っている。

みんな疲れてるんだろうな、と思う。

学生も、社会人も、フリーターも、主婦も主夫も、きっとみんな漠然とした不安を抱えていて、毎日毎日少しずつ擦り切れていって、今の人生を脱却するだけの力もなくて。

だから他人の死を見て楽しむのだろう。

枯れる前の桜が、狂い咲き誇るように、死の間際に立たされた生物は美しいから。

だから時間を戻したいと願うのだろう。

自分の辿ってきた人生の、どこかが間違っていたのではないかと思うから。

そんなことをぼやぼやと考えて、なら自分も流行に乗って書いてみるかと思い立ったはいいものの、なかなか筆は進まなかった。物事を分析することと、それを実際に活かすことでは、違った技量がいるのかもしれない。

そもそも、人の死も、タイムリープも、記憶喪失も、二十四年間生きてきて経験したことがない。知らないことは書けない。当たり前だ。

間に合わないかもしれないな。

「今日は月曜日、天気は晴れ、か」

十二月に入り、寒さも一段と厳しくなった。寒くなればなるほど、なぜか空の青さは増すようで、今日はとても気持ちの良い天気だった。僕は手帳の十二月二日の欄(らん)に緑色の丸いシールを貼って、少しくたびれてきたスーツに袖を通し、玄関に向かった。

時刻は八時半を少し過ぎたところ。いつも通りの出かける時間。向かいの家から子供たちの元気な声が聞こえてくる。

アパートの階段を下り、駅に向かって歩を進めるとゴミ収集車が横をのんびりと通り過ぎていった。微(かす)かに漂う生ゴミのにおいに一瞬息を止める。

これも、いつも通り。

そして――

「あ、きたきた」

ポニーテールをるんと躍(おど)らせて、スーツ姿の女性が僕に近づいてくる。

「十二月二日、月曜日。午前八時三十六分。いつも通りだね、桐谷翔也(きりたにしょうや)君」

僕は眉をひそめた。

着古したスーツ。

子供たちの笑い声。

ゴミ収集車から漂う生ゴミのにおい。

そんないつもと変わらない僕の日常に、非日常が紛れ込んでいた。「いつも通りだね」なんて、うそぶきながら。

「私の名前は一ノ瀬茉莉花(いちのせまりか)。六日後の世界から来たの。俗に言う、タイムリープってやつだね」

「……はあ」

としか言いようがなかった。とんだ変人に絡まれてしまった。

六日後からタイムリープ？　そんなこと、現実世界で起こるわけないじゃないか。

「反応薄いなー相変わらず。あのね、翔也君。私は君を助けに来たんだよ？」

「はあ」

「だって君は、六日後に死ぬんだから」

頭が痛くなってきて、僕は空を仰ぎ見た。

確かに僕は、人の死も、タイムリープも、記憶喪失も、経験したことがないと言いはしたけれど——だからといってこの展開はないだろう。

「今回は必ず君を助けるから。だから一緒にがんばろうね、翔也君」

一ノ瀬茉莉花、と名乗った彼女は、そう言って僕に手を差し出した。

彼女の笑顔は善意に満ち溢れていて、一点の曇り(くも)もない今日の青空みたいだった。

少なくとも悪人ではないように見える。

「えーっと、一ノ瀬さん、だっけ」

「茉莉花でいいよ？」

「一ノ瀬さん」

「あ、まだ早かったか」

まだ、ね……。

彼女が本当に、六日後の世界から来たのであれば。

僕は彼女のことを下の名前で呼ぶほど、仲良くなるのだろうか？

いや、彼女の言っていることを信じたわけでは、毛頭ないのだけれど。

とにかく。

「そろそろ会社行っていい？　このままだと遅刻しそうだから」

良識ある社会人らしいテンプレートな言葉を口にして、その場を乗り切ることにした。

＊

夜――駅前のカフェ「スターバンバン」に足を運んだ。

あの後、じゃあ仕事が終わったら駅前のスタバに来て、待ってるから！　と言い残して去っていった彼女を、僕は呆然と見送った。嵐みたいな人だ。

こうして一ノ瀬さんの言う通りに、仕事終わりの疲れた体を引きずってスタバまでやってきたのは、何も彼女の話を信じたからではない。

彼女は僕の名前も、家の住所も、なんなら生活リズムまで把握しているようだった。だとすれば、ここで彼女を無視したところで、明日か明後日か、近いうちに彼女はまたやってくるだろう。

それはとても迷惑なので、早めに問題を解決しておこうと思った次第だった。

「お、来た来た。翔也君こっちこっちー！」

買ったアイスコーヒーを持ってうろうろしていると、ポニーテールをぴょんこぴょんこ揺らしながら、一ノ瀬さんが黄色い声を飛ばしてきた。朝会った時にも思ったけれど、アイメイクが少し濃い。似合ってはいるけど、行動から見栄えから、何から何まで姦しい人だ。

「逃げずに来てくれたんだね」

「逃げても無駄かなと思って」

席に着いて、シロップを忘れたことに気付いた。社会人になってから飲むようになったコーヒーだが、ブラックは少々きつい。再び立ち上がろうとした時、手元にコロコロとガムシロップが転がってきた。

「いるでしょ？」

「……どうも」

はじいた人差し指を満足げに振りながら、一ノ瀬さんは続けた。

「今朝の話、どれくらい信じてくれた？」

「これっぽっちも」

「えー、なんでー？」

「逆に、なんであれで信じてもらえると思ったんだ……？」

コーヒーの中でうねうねと広がるシロップをかき混ぜながら言うと、一ノ瀬さんは「それもそっか」と笑った。適当だなこの人。

「じゃぁ聞くけどさ。どうして私が、君の名前や住所、行動パターンを知ってると思う？」

「……」

まあ、一理ある。

現実的、かつ常識的に。SFチックな、ファンタジックな要素を省いて思考すれば、彼女が僕のストーカーであると考えるのが妥当なところだけれど――

「それって、ものすごーく痛い考えだと思わない？」

「う、うるさいな……」

まるで僕の心を読んだように、一ノ瀬さんはにやにやと僕を見つめていた。

「タイムリープしてるのと、君が女の子に好かれてストーカーされる確率、どっちの方が高いと思う？」

「僕が天文学的にモテないような言い方はやめてくれないかな」

「えー、そこまで言ってないのにー」

どうにもペースが乱される。

アイスコーヒーを少し口に含んで、再度考える。

彼女のような、あか抜けた……可愛らしい女性が、僕のストーカーである可能性は確かに低いと思う。

だけど、それでも。

タイムリープなんていう非現実的な事柄が起こる確率よりは、高いはずだ。

彼女の言い分を信じる根拠にはなり得ない。

「こういう時はさ、何か決定的な証拠を見せるのがセオリーなんじゃないの？」

タイムリープ物の小説ではお決まりのパターンだ。

例えば十数分後に地震が起きることを予期するとか、発表前の新元号を当ててみせるとか、そういう「未来を見てきた人間にしかあり得ない」行動を取ってくれないと、こちらとしても信じようがない。

「翔也君はさー、そのアイスコーヒー買う時、迷わなかった？」

急になんの話だ？

いぶかしく思って視線を送るも、一ノ瀬さんは気にせず続ける。

「アイスコーヒー絶対飲むぞー！　って、即決した？」

「そんな強い意志で買ってはないけど……。アイスカフェラテにするか、ちょっと迷ったよ」

「じゃあ、なんでアイスコーヒーを選んだの？」

「別に大した理由はないよ。なんとなく、こっちにしようかなって思っただけ」

「でしょ！　つまり、そういうことなんだよ」

「全然分かんないんだけど」

「もー、察しが悪いなー。要するに、確定した出来事なんてほとんど存在しないんだよ。翔也君がコーヒーを選んでも、カフェラテを選んでもおかしくなかったみたいに、世の中はそーゆーあやふやな事柄であふれてるの」

「だから未来のことは言えないっていうのか？」

「そうだよ。例えば、君の後ろを歩いてる女の人」

振り向くと、ホットパンツを穿いた大学生くらいの女性が、トレイにカップをたくさん載せて歩いていた。

「あの人は、前回のループの時は派手にこけて、君は体中コーヒーまみれになってた」

「ほーんと。この前はめちゃくちゃ高いヒールを履いてたからこけちゃったんだけど、今回はスニーカーだから大丈夫だったみたいだね」

ちなみに二百三回目のループの時も君はコーヒーまみれになってたよ、とフラペチーノを吸い上げながら、一ノ瀬さんは付け足した。

つまりあの人は、今日履く靴を決める時に、ヒールを履くかスニーカーを履くかで悩んでいて、どちらを選んでもおかしくなかったというわけか。

ばからしい。

「どう、信じた？」

「全く。そんなの、なんとでも言えるじゃないか」

「むー、疑り深いなあ」

これが普通の反応だと思う。

肩あたりに下りた毛先をくるくるといじりながら、一ノ瀬さんは言う。

「しょうがない、じゃあ奥の手出しちゃおうかなー」

「奥の手？」

「うん」

そうして、にっこりと笑って彼女が口にしたのは、

「君、小説書こうとしてるんでしょ?」

「——っ」

僕以外、誰も知らないはずの秘密だった。

手帳に、あるいは自宅のパソコンに、ひっそりと書き連ねられた物語の断片。

僕はそれを誰にも見せたことはないし、喋(しゃべ)ったこともない。

ただ一人を除いて。

「一ノ瀬さん、ちょっと待っててくれる?」

「ほいほーい」

僕がそう言いだすのを分かっていたとでもいうように、一ノ瀬さんは間の抜けた声と共に、

右手をひらひらと振った。

釈然としない思いを抱えながら席を立ち、店の外で電話をかけた。

数コールの後、目的の相手が電話に出る。

「なんだよ、翔也」

「才人。お前、僕が小説書いてること、誰かに言ったか？　合コンとかで」

は？　と三木谷才人は怪訝そうな声をあげた。

「いやだからさ、僕が小説を書いてるってことを誰かに——」

「なあ、翔也」

「なんだよ」

「俺ってモテるだろ？」

　さらっと腹立つこと言いやがって……。

「モテる秘訣はさ、トーク力なわけよ。相手が欲しい言葉を投げかける。相手が喜ぶ反応をしてあげる。女の子の口数が少ない時は、ウィットに富んだジョークをかます。そうすりゃ女の心はホットになって、最高に熱い夜を過ごせるってわけ」

「勉強になるよ」

「特別に講義代はタダにしといてやる。つまり何が言いたいかっていうと、控えめに言っても俺の話は面白い」

　癪には障るが、否定はできない。

　こいつがいれば、どんな場であれ気まずい沈黙が流れないのは確かだ。

「だから僕のことなんて、わざわざ話題に出すわけないってことか？」

「そ。お前が小説書いてようがセンズリかいてようが、世の女は微塵も興味ねーからな。怒ったか？」

「まさか」

「だよなー。用はそれだけか？」

「ああ、それだけ聞ければ十分だ。じゃあな、『君といると楽しいし、お話もとっても面白いんだけど……なんか違うんだよね。ごめんね自分勝手で』ってフラれたばっかりの才人君。あ、あと週末の飲みはキャンセルで」

「お、おいお前――」

電話を切ると、すかさず才人からメッセが届いた。

【めちゃくちゃ怒ってんじゃねーか！】

当たり前だ。言い方ってものを考えろ。

怒涛のごとく送られてくる謝罪のメッセが鬱陶しかったので、スマホの電源を落とす。

気が向いたら、明日の夜くらいには反応してやるか。

席に戻ると、一ノ瀬さんがフラペチーノにささった太めのストローを見つめながらつぶやいた。

「こういう太いストローには、フトローって名前をつけたらいいんじゃないかと思うんだけど、どう思う？」

「すごく、どうでもいいかな」

「つれないなー。で、どうだった？」

ストローの話はそれで終わりかよ。

「唯一の心当たりが空振りに終わったよ」

「うんうん、つまり？」

一つ、小さくため息をつく。

この人は、僕と才人しか知らない話を知っていた。

才人は誰にも口外していないと言っていたし、そもそもあいつは人の秘密を簡単に漏らすような奴じゃない。その点においては、信用している。

なら、どうやって彼女は、僕が小説を書いていることを知り得たのか。

答えは一つ。

「本当に、未来の――数日後の僕が、君に教えたのか……」

「やーっと信じてくれた！」

「半信半疑だけどね」

「半分も信じてくれたなら、それでいいよ！」

ポジティブな人だな……。

瓶に入っている飴玉が半分まで減った時、きっと彼女は「まだ半分も残ってるよ！」と喜ぶタイプなのだろう。僕とは正反対だ。

「ちなみに、小説の話はどこまで聞いたの？」

「んー？　小説を書こうとしてるってことだけだよ。他に何かあるの？」

「いや、別に」

それもそうか。

小説について話しただけでも、十二分に心を許しすぎだ。

どれだけ一ノ瀬さんを気に入ったんだよ、未来の僕は……。

内心で頭を抱えていると、

「あ、分かったー」

何を勘違いしたのか、得心（とくしん）がいったような顔をして一ノ瀬さんはにやっと笑って言った。

「君がもうすぐ書き始める、小説のタイトルが知りたいんでしょー」

「――っ」

思いっきり膝をテーブルの裏に打ち付けてしまった。がしゃりというけたたましい音に、周りにいた客の目線が一斉に集まる。

注目を浴びるのは嫌いだ。だけど、そんなのは気にならないくらいに、心臓が鋭く拍動していた。呼吸が荒い。

「ちょっ、大丈夫⁉」

「書くのか」

絞り出すように問う。

「な、何が？」

「僕は何か、小説を書くんだな」

数拍分、間が空いた。

一ノ瀬さんは一瞬目を見開いて――その後、すっと目を閉じて、また、開いて。

そして、静かに言った。

「うん、書くよ」

「タイトルは？」

周囲の雑音が、その一瞬だけ虚空(こくう)に消えた。

「――『きみ、まわる。ぼく、とまる。』」

「君回る……。僕止まる……」

そっと繰り返す。

正直なところ、この時まで、僕は一ノ瀬さんの話を完全に信じてはいなかった。彼女が僕のささやかな秘密を知っていたことも、何かトリックがあるんじゃないかと、どこかに見落としがあるんじゃないかと疑っていた。

だけど今、彼女が口にしたタイトルを聞いて、僕は確信した。

それは確かに、僕が書く小説のタイトルだ。

彼女はタイムリープしている。疑問を挟む余地もないくらいに。

「じゃあ、そろそろ本題に移ろうか」

未だ頭の整理がつかない僕をよそに、一ノ瀬さんは飄々と語り続ける。

僕は初めて、彼女の言葉に真剣に耳を傾けた。

「君が死ぬまでの、七日間の話をしよう」

コーヒーの中の氷が溶けて、くしゃりと鳴いた。

【メッセージ履歴】

『こんばんは』

『翔也君やっほー！　今日からよろしくね！』

【一ノ瀬茉莉花がスタンプを送信しました】

『よろしく』

『今日から、私と一緒にいなかった時にあったことは逐一ここで報告してね！　どんな些細なことでも構わないから！』

『いいけど……毎日仕事終わりに会うなら、必要ないんじゃない？』

『ダメだよ！　何が君の死につながるか分からないんだから！　全部教えて！』

【一ノ瀬茉莉花がスタンプを送信しました】

『分かった』

『うんうん、素直で良い子だね！』

【一ノ瀬茉莉花がスタンプを送信しました】

『でも今日は疲れたから寝るね。特に変わったこともなかったし』

『りょうかい！　おやすみ、翔也君！』

【一ノ瀬茉莉花がスタンプを送信しました】

【一ノ瀬茉莉花がスタンプを送信しました】

『おやすみ』

十二月三日　火曜日【黄色】

粘っこい声で自分の名前が呼ばれて、ため息を呑み込んで返事をした。

「なんですか、課長」

「この前出してくれた企画書あったじゃん？　あれさー、ちょっと書き直してくんないかなー」

「いいですけど、どの辺ですか？」

「んー、全体的に？」

またふわっとした指示を……。

どこがどう悪かったのか指摘してくれないと、結局全部書き直さなくちゃいけないじゃないか。いや、それを考えるのも仕事のうちか。

「なんかさー。もう少し、君の独自性みたいなの出してくれないかなー。オリジナリティーっていうかさー。ぶっちゃけあれだと、誰が書いたか分かんない、みたいな？」

「……分かりました」

「じゃ、そういうことで！　よろしくぅ！」

ぎとぎとした笑顔を残して、課長は去っていった。整髪料と加齢臭が混ざった独特のにおいが鼻についた。

デスクに置かれたミニカレンダーを眺めながら、頭の中でスケジュールを調整する。

水曜には打ち合わせがある。木曜は進捗報告会。そうなると、直せるのは今日か金曜日。

実験室の方にも顔を出したかったけど、後回しだな。

とある文具メーカーで働く僕は、企画開発部門に所属している。隣接している実験室に、新しいペン先やインクなどの研究成果を聞きに行ったり、新しい製品の企画をしたりするのが主な仕事だ。

企画書が通らないことなんて、それこそ両手の指の数では足りないくらい経験しているが……。余裕がなくなったスケジュールがずしりと重くのしかかってくるような、いつもの嫌な感覚を抱えながらパソコンに向き合う。

「……こんな時に限って」

企画書のファイルを立ち上げようとした瞬間、画面に「ソフトウェアのアップデートが必要です。再起動してください」というメッセージがポップアップした。

再起動にカーソルを合わせてエンターキーを叩くと、指の先から機嫌の悪い音が飛んだ。

『六日後の十二月八日、日曜日。君は死ぬ』

ブラックアウトしたディスプレイに自分の顔が映っていた。のっぺりとした黒色に、昨日、スタバで頼んだブラックコーヒーの水面を想起して、僕は彼女とのやり取りを思い出した。

「そしてどうやら、それが私のタイムリープのきっかけになってるみたいなの」

もう一ノ瀬さんが言うことを疑ったりはしていない。だけど僕は、確かめる必要がある。

「どうして、それが分かったんだ？」

僕たちは友人ではない。知人ですらない。そしてそれは、彼女だって同じだったはずで――

どんな過程を経て「僕の死」がタイムリープの原因であると知るに至ったのか。その経緯を、知らなければならなかった。

僕の思いを知ってか知らずか、一ノ瀬さんは大丈夫だよ、と笑い、

「ちゃんと説明するから、心配しないで」

次のように語った。淡々と。

「ある日目が覚めたら、一週間が巻き戻ってたの。十二月八日の次の日が、九日じゃなくて二日だった。

もちろん最初は、夢かな？　私、疲れてるのかな？　って思ったよ。さっき翔也君が私のことぜーんぜん信じてくれなかったみたいにさ。

……ふふ、ごめんごめん、意地悪な言い方だったね。もう信じてくれてるんだもんね。うん、分かってる。

でもね、さすがに二回目のループに入った時、あ、これは夢じゃないなって思ったの。

その日は私、楽しくお買い物をしてたんだ。親塚駅の近くのショッピングモール、知ってる？　私の家からも近いから、よく遊びに行くんだー。

日曜日を満喫して、おいしいもの食べて、さ、帰るぞーって思った、午後四時ちょうど。

ビルの間から差し込んだ橙色の輝きに、目を細めて、思わず瞬きをした次の瞬間——私はベッドの上にいた。ベッド脇のデジタル時計は、当然みたいな顔して、今日は十二月二日、朝の八時だよって私に教えてくれた。

もうね、その時の私の脱力具合といったらないよ。

あー、ついに私もタイムリープ経験者になっちゃったかーって、思わず天井を仰ぎ見たよね」

　ノリが軽すぎる、と思わずつっこんだ僕を見て、彼女は目を細めて不敵に笑った。

「じゃあ、重々しく言った方がいい？

　毎朝繰り返される聞いたことのあるニュース。

　何度こなしてもやってくる、全く同じ内容の事務仕事。

　永遠に終わらない冬。

　待てど暮らせどやってこない春。

　そのうち、朝を告げるニュースキャスターの声が、街の中を悠々と走るゴミ収集車のアナウンス音が、ショッピングモールに流れるクリスマスソングの音色が、全部全部、私をあざ笑ってるように感じられて……テレビの電源を抜いて、カーテンを閉め切って、家の中に閉じこもった。

　死んでしまえば楽になるんじゃないかと思って、この終わらないループから抜け出すには、もうそれしか方法がないんじゃないかなんて、狭まった視野と思考でそんなことを考えて、台所に置いてある、鈍色（にびいろ）に光る包丁に手を添えて――。

　なーんて。そんなそれらしい反応が聞きたかった？」

　僕は苦々しい気持ちをコーヒーと共に飲み込んで、一言謝った。さすがに無神経が過ぎた。

「冗談だよ。ほら、私はこうして元気だし？　割と図太いんだよねー。話がずれちゃった、ごめんね。

それでね、何回かループを繰り返して、さてどうしたものかなーって、さすがの私も途方に暮れて、いい案はないかと考えてた時――」


「目の前で君が死んだ」


真後ろから突然聞こえたねっとりとした声に驚き、振り返る。

課長がいぶかしげな顔でディスプレイを覗き込んでいた。

「なんだお前、作家でも目指してるのか？」

「いえ、そういうわけでは」

「ま、そりゃそうか。集中してやれよー。時間ないぞー」

時間がないのは誰のせいだと思いつつも、集中していなかったのも事実なので、「はい」と返事をしてディスプレイに向き直る。無意識のうちに、昨日の彼女の言葉を打ち込んでしまっていたらしい。バックスペースキーを長押ししながら、企画書を練り直す。

従来のＡＫＡＩＫＥモデルのペンは、あざやかな赤色が特徴であり――

『ビルから突き落とされた君は、コンクリートに体を叩きつけられた。ペイントボールを叩きつけたみたいに、真っ赤な液体が地面に広がってた』

――一方で、紙の素材によっては滲んでしまい、シャープな線が書けないことが懸念されていた。また、衣類に付着した際に染みになり、取れにくいという報告もなされていた。そこで今回はインクの配合成分を――

『地面に染みになっていく君の血を、私はただぼんやりと見つめてた。あまりにも突然のことすぎて、声すら出なかった。君の顔もよく見えた。瞼の裏に焼き付いて離れないくらいに、しっかり見つめた。そうして、何秒か何十秒か経ってから……ようやく思い出したみたいに瞬きをした次の瞬間――私はまた、十二月二日の朝八時に飛ばされていたんだ』

　企画書に起こしている文字と彼女の声が混ざり合って、やがて僕の意識は、再び昨日のスタバでのやり取りにからめとられた。

「僕が死んだ瞬間にタイムリープが起きた。だから僕が原因なんじゃないかって、そう考えてるわけか？」

　そんな単純な話じゃないよ、と一ノ瀬さんはかぶりを振った。

「もちろん、たった一回で決めつけたりしないよ。次のループから、私は君を探すことにした。君が死んだ場所は親塚駅の近くだったから、駅前で待っていれば、きっといつか会えるはず。そう信じて、ずっと待ってたんだ。時間だけは、たくさんあったからね」

繰り返される一週間は、彼女に調べ物をする膨大な時間を与えていた。

親塚駅は決して小さな駅ではない。日に何千人、何万人という人を呑み込んでは吐き出して、社会を循環させている。

そんな中から、たった一人の、しかも一度しか顔を見たことのない赤の他人を見つけ出すなんてことは、砂漠の中から一粒の砂金を見つけるくらいに難しいはずだ。

だけど彼女は――

「何回目かのループで、君を見つけた。いきなり話しかけても不審がられると思ったから、遠くから眺めて、観察してたんだ」

「その時はまだ常識を持ってたんだね」

「今は君を短期間で丸め込めるくらい情報が集まってるからね。あの頃はまだ、君の名前も、住んでる場所も知らなかったんだから、状況が違うよ」

茶々をいれないで、とでも言いたげに唇を尖らせた一ノ瀬さんは、そのままの表情で話し続ける。

「で、それからさらに何回かタイムリープして、君の行動範囲とか時間帯を把握し始めた頃、私は君の二回目の死に立ち会ったの」

「……また、落ちてきたのか？」

「多分そうだと思う。ビルの陰で血まみれになっている、君の姿が見えたから」

「それで、またその瞬間タイムリープした、と」

僕の問いかけに一ノ瀬さんは頷き、それが何回も繰り返されたのだと続けた。

何度一週間をループしても、必ず僕は死んでしまうのだと。

彼女の言うことに鑑(かんが)みれば、世の中には確定した事象なんてほとんど存在しない。

誰かが転ぶか、転ばないか。

何かを買うか、買わないか。

そんな些細な事柄でも、後に続く出来事に大きく影響を与える。俗にいうバタフライエフェクト、というやつだろう。

それ故に一ノ瀬さんは、僕に確定的な未来を教えて、ループを証明することはできなかった。

だけど——過程はどうあれ、僕、桐谷翔也は必ず死ぬ。

桐谷翔也が死んだ瞬間に、一ノ瀬さんは十二月二日に戻される。七日の時をさかのぼる。

なるほど、確かに僕がループの引き金になっているると疑ってもおかしくはない。

「それで、何か策はあるの？」

運命力、とでも言えばいいのか。

目には見えない巨大な力でもって、幾度となく回数を重ねても僕が死んでいるのであれば。

どうやってそれを回避できるというのだろうか？

「もちろんあるよ」

一ノ瀬さんは瞳をきらりと輝かせて言った。

「前回のループの時、私はついに、君とすんごく仲良くなることに成功したの」

「小説の話も、そこで聞いたんだな」

「そうだよ。まあ、いつも最初は大変なんだけどねー。翔也君ってば、私のことめちゃくちゃ警戒しててさあ。ちっとも懐いてくれないんだもん」

そんな野良犬みたいな……。

「その話しぶりだと、僕に接触するのは初めてではなかったんだね」

「うん、何回も仲良くなろうと思って話しかけたよ。上手くいった回数は……そんなに多くないけど」

五十一回目のループの時と、百七十回目のループの時と、それから……と、その時のことを思い出すように目線を上げつつ、一ノ瀬さんは指を曲げた。

彼女はどうやら、ループについては隠したまま、僕に接触を図ったみたいだ。

そりゃあ、警戒するだろう。可愛い女の子がいきなり話しかけてきて、しかも親密になろうとしてくるなんて。僕のささやかな人生の中でトップスリーに入るくらいの大イベントだ。

最終的にどうやって彼女が僕の心を開いたのか、気になるところだ。

「でも、上手くいく時は大体、水曜日くらいに仲良くなってね。結構いろんなところに遊びに行ったんだよ。おしゃれなカフェでしょー、バーでしょー、居酒屋でしょー、あとはー」

彼女が語る僕は、僕ではなかった。

決して交わることのない時間軸にいて、既にこの世からは消え去っていて、あらゆる意味で僕とは関係のない僕。

自分のことなのに、赤の他人の話を聞いているようで、どこか不思議な気持ちになる。

だけど同時に、僕はいつどこにいても僕なのだという確信もあった。

「それで前回のループの時、日曜日に遊ぶ約束をしてたんだけど……。結局、君は待ち合わせの場所に来なかった。約束の時間から三十分が過ぎて、一時間が過ぎて。やがて、焦った私が電話したら、君はこう言ったんだ」

「『ごめん、用事ができた。会いに行かなくちゃいけない人がいる』って」

用事ができた。会いに行かなくちゃいけない人がいる。

僕が一ノ瀬さんに心を開いていたのは……あるいは、開きかけていたのは。

話を聞いている限り間違いないだろう。

「その後、また私はタイムリープした。君は、その『会いに行かなくちゃいけない人』に殺されたんだよ」

そんな彼女との約束を反故にしてまで、優先される誰かとの用事。

一ノ瀬さんよりも、僕が優先するであろう相手。

「ねえ、君が会いに行った人は……ううん、会いに行く人は、一体誰なのかな？」

「……一ノ瀬さんは心当たりないの？」

「ないよー。そもそも、翔也君にそんな大事な人がいるってことが、ようやく前回のループで分かったばっかりなんだから」

それもそうかと、僕は納得した。

彼女が言う人物に、心当たりはあった。そもそも、選択肢が少ない。

僕はあまり友達が多い方ではないし、誰かとの約束を破ってまで会いに行こうと思える人物なんて尚更いない。身内との関係は良好ではないし、ましてや彼女だっていない。

「……ぱっと思いついたのは二人かな。一人は、三木谷才人っていうやつで、大学の頃からの友達。いけ好かないやつだけど、そこそこ、いいやつだよ」

「その二つが同居してるのは初めて聞いたなあ……」

「一回会ったら三発は殴りたくなるけど、友達をやめようとは思わない。そういう人間だよ」

「仲が良さそうっていうのは、今のでよく分かったよ。それで、もう一人は？」

「もう一人の名前は――」

「さっきから全然進んでないぞー」

また真後ろから声がして、僕の意識は現在に引き戻された。

今度は脂っこい声ではなくて、とてもきれいな、そして少し艶めかしい、紫色の声だった。

「カロンさん……」

「集中力が足りてないんじゃない？　どう、一本いっとく？　私もちょうど、休憩しに行くところだったんだ」

そう言ってカロンさんは、人差し指と中指をくっつけて軽く振った。

彼女が喫煙家だと知ったのは、一年ほど前だったか。

ディスプレイをちらりと見ると、課長に話しかけられてから一時間近くも過ぎていた。にもかかわらず、企画書は情けないくらいに進んでいない。

どうやら自分が思っていた以上に、昨日のことが頭にこびりついて離れないらしい。僕はため息をつきながら頷く。

「ですね……行きましょうか」

「そうこなくっちゃ」

嬉しそうに片目をつぶると、カロンさんはアッシュブラウンに染めた長い髪をぱっと払って、喫煙所へと足を向けた。ボディラインがぴったりとしたスーツに強調された、極めて女性的な後ろ姿を眺めながら、一ノ瀬さんとの会話を思い出す。

彼女の名前は、宇尾溜（うおため）カロン。

会社の上司で、仕事ができて、人望も厚い、なぜか僕のことを気に入ってくれている、かっこいい先輩。

そして日曜日――僕を殺すかもしれない、候補者の一人。

吐き出した煙がゆらゆらと揺れて宙に溶けていく。くゆるタバコはじりじりと焼ける音を立てながら、ゆっくりと短くなる。

「珍しいね、君が仕事中にぼーっとするなんてさ」

ぷるんとした唇から煙を吐き出しながら、カロンさんが言った。スリムタイプのタバコは、長くて細いカロンさんの指にきれいに収まっている。

「ちょっと色々あって」

「相談なら乗るよ？」

「ありがとうございます。でも、大丈夫です」

「つれないなあ。いいじゃん、相談ついでに、久しぶりにウチおいでよ。もう一か月くらい、遊びに来てないでしょ？」

彼女がタバコを吸うことを知ったのと、彼女の体のぬくもりを知ったのは、同じタイミングだった。

一緒に飲みに行った帰りになし崩しに――という、色気のない始まりではあったが、それ故か一年近く彼女との関係は続いている。

ただ、付き合っているわけではない。

『こういう関係って、楽でいいよね』

半年くらい経った頃、カロンさんにそう言われて以来、僕は深く追及することをやめていた。

一緒に飲んで、愚痴を言って、言われて、夜を共有する間柄。ただ……それだけだ。

「とっても魅力的な提案ではあるんですけど……今日はちょっと予定があるんです。すみません」

今日も仕事終わりに一ノ瀬さんと会う予定があった。「誰かに誘われても絶対について行っちゃダメだからね！　いい？　絶対だからね⁉」と、小学生に忠告する母親みたいに強く念を押されていた。

ものすごい剣幕だったので、思わず首を縦に振ってしまったほどだ。

「ふーん……」

「なんですか？」

「女の子に会う予定があるんだ」

とんとんと灰を落としながら、カロンさんが口角を少し上げて言った。

「よく、分かりましたね」

「ハンドクリームしてたから」

僕は思わず右手の甲をさすった。カロンさんの言う通り、昨日一ノ瀬さんが「手、荒れてるね。アカギレすると痛いからケアした方がいいよ？」と手渡してくれたハンドクリームをつけていた。

「いい？　男の人から普段と違う匂いがする時は、女性絡みの何かがあることが多いんだよ」

「勉強になります」

「ふふ、翔也君は素直だね。で、誰なの？」

煙と共に吐き出されたカロンさんの質問に、前もって用意しておいた答えを返す。

「従妹ですよ。来年度からこっちで就職するらしくて、ちょうどこっちに来てるんです」

「まるで、あらかじめ準備してきたみたいな、模範的な回答だね」

「それは深く考えすぎじゃないかと」

「従妹がいるなんて言ってたっけ？」

「そんなに面白い話でもないので、してないと思いますよ」

大体僕だって、カロンさんの家族構成なんて妹が一人いることくらいしか知らない。無理のある台詞ではないはずだ。

「ま、それもそうだね。その子、いつまでこっちにいるの？」

「日曜までいるって言ってました。観光して夜に地元に帰るそうです」

仮に日曜に僕が死ななければ、彼女は月曜には僕のもとを去るだろうし、もし死んでしまえばそれまでだし。どちらにせよ、この言い分で問題ないだろう。

「翔也君も一緒に?」

「多分そうなります」

「そっか」

カロンさんはきれいに整えられた眉をハの字にした。

「残念。日曜日、ご飯に誘おうと思ってたんだけど、無理そうだね」

「そうですね、今週はちょっと……」

「あ、来週ならいいの?」

「……」

カロンさんは基本的に、自分からグイグイ予定を詰めてくることはない。よほど何か僕に話したいことがあるのか、それとも——

『君は日曜日に必ず死ぬ』と言っていた、一ノ瀬さんの声が脳裏をかすめた。けど、まあ……。

「いいですよ、もちろん」

来週なら問題ないかと頷いた。あまり変に距離を取りすぎるのも良くないだろう。

僕の返答を聞くと、カロンさんは一転、とても嬉しそうに笑った。

「やった。約束ね」

差し出された小指に、僕は口角を上げて応える。

指切りなんて子供っぽい行為が、垢抜けたカロンさんの見た目とは合わなくて、少しおかしかった。

「これでオッケー、と。それと――」

絡んだ小指が、カロンさんの口元に引き寄せられる。

一瞬のことで彼女の動きに反応できなかった僕は、次いで走った鋭い痛みに、思わず顔をしかめた。

「っ……」

「痛かった？」

「いや、そりゃぁ――」

痛いだろう。カロンさんに噛まれた小指の付け根から、じんわりと血が滲み出てきた。

結構強く噛まれたな……。

「ふふ、ごめんね。絆創膏（ばんそうこう）、貼ってあげる」

「準備いいですね」

「乙女のたしなみってやつだよ」

「それはちょっと違う気もしますが」

「細かいことは言いなさんな。はい、できた」

小指に巻かれた肌色の絆創膏をさすりつつ、僕はお礼を言う。

「ありがとうございます」

「ふふ、変なの。噛んだの私なのに」

「ほんとですよ」

小指の付け根の傷痕は、微かに熱をはらみながら、僕の鼓動に合わせてどくどくと脈打っていた。

なんで噛んだんですか？　という僕の問いかけに、カロンさんは目をすっと細めて答える。

口元に浮かべた笑みはどこか扇情的だった。

「念のため？」

「答えになってます？　それ」

「なってるなってる。さ、そろそろ行こっか。あんまり長いと、課長に怒られちゃう」

灰皿にタバコを押し付けて、カロンさんはぐいっと伸びをした。

どこか釈然としない思いを抱きつつ、僕もそれに従う。

そういえばカロンさんは二回しかタバコに口をつけていなかったなと、ふとそんなことを思った。

＊

よくよく思い返してみれば、カロンさんは僕の体に「痕(あと)」を残すのが好きな人だった。肌を吸って赤いキスマークを残したり、背中を軽く引っかいたり、鼻を甘噛みしたり、ふざけて僕の爪にマニキュアを塗ったり。

僕が少しでも反抗しようものなら「しっ。静かにして」だの「ダメ、動かないで」だの、あのきれいな顔を近づけて、悪戯(いたずら)を思いついた子供みたいな無邪気な表情で言うものだから、最近ではすっかりされるがままになっていた。

会社で小指を噛んできたのも、きっとその延長で、久々にじゃれつきたかったのだろう。

「カロンさんでしょ、それ」

同日、仕事終わり。

会って早々、一ノ瀬さんは僕の小指の絆創膏に目を止めて、すかさず指摘した。僕の周りにいる女性は、勘が鋭い人が多いな。

「すごいな。なんで分かったの？」

「女性はそういうのに敏感だからね」

「ああ、カロンさんも同じようなこと言ってたよ。昨日もらったハンドクリームつけてたら『今日、女の子に会いに行くの？』って」

「ふーん。で、なんて言ったの？」

よいしょ、と一ノ瀬さんはベンチに腰掛けた。

今日は彼女に連れられて、駅近くのバッティングセンターに来ていた。

かこん、ごつんと、小気味良い音とそうでない音が、勝手気ままに散らばっている。

どうやらこの時間は利用者が多いらしく、バッターボックスは満席、ベンチにも僕たちの前に待っている人がいた。

「従妹が来てるって言っておいた。もし会うことがあったら、そういう設定でよろしく」

「なんで誤魔化したの？」

「なんでって……。六日後に死ぬ僕をタイムリープして救いに来てくれた女の子がいるので今日は帰ります、とでも言えばよかったのか？　そんなの、頭の具合を心配されるだけだろ」

「私の設定を身内にした理由は？」

「他に思いつかなかったから」

「来週なら会えるって言った理由は？」

「なんでもかんでも拒否したら、それこそ怪しまれると思ったんだよ」

兄妹というのはリスクが高すぎるし、かといって赤の他人のために僕が時間を割くのは信ぴょう性に欠ける。だからこその、従妹という折衷案。

来週会う約束だって、何も下心があって頷いたわけじゃない。もしカロンさんが僕を殺すつもりなのだとしたら、あからさまに彼女を避けるのはリスクが大きいだろう。

僕としてはこれが最適解だと思ったのだけれど。

「まあ、そういうことにしといてあげる」

彼女はどこか不満そうに言った。

「含みのある言い方だね」

「べっつにー。翔也君はカロンさんのことが大好きなんだなって思っただけですー」

「なんでそうなるんだよ……」

僕とカロンさんの関係については、既に一ノ瀬さんに話してある。彼女は一言「うわぁ……ただれてる……」とだけつぶやいていたけど、それ以上の言及はなかった。

「昨日も言っただろ。僕とカロンさんはドライな関係なんだ。必要以上の情はないし、相手のプライベートについても深追いしない。彼女にはもしかしたら、僕以外にも同じような関係の男性がいるのかもしれないけど、僕にはそれをとやかく言う権利はないし、カロンさんだって同じように考えているはずだ。都合のいい関係、楽な関係。他でもないカロンさんがそう言ってるんだから、疑いようもないだろ」

僕より少し年上くらいの男性がバッターボックスから出てきて、僕たちの番が回ってきた。男性は汗に濡れたワイシャツをぱたぱたと扇ぎながらも、どこかすっきりとした顔つきをしていた。会社帰り、ここで毎日ストレスを発散して、明日への活力としているのだろうか。

一ノ瀬さんは僕の言葉には応えず、右肩をぐるぐると回しながら立ち上がった。

「よっし、今日も一本かっ飛ばしますか！　私、先でいい？」

特に乗り気じゃなかった僕は、右の手のひらを上にして、バッターボックスを指した。

一ノ瀬さんの入れた百円玉が三枚、かしゃこんと音を立てながら緑色の機械に吸い込まれていく。

数秒後、ピッチャーの映像が映った電子モニターから、こぶし大の野球ボールが放たれた。結構速い。ここの球速の設定は九十〜百十まで選べたはずだけど、多分一番速いんじゃないだろうか。

数瞬後、投げ込まれたボールは、そのまままっすぐバックネットに吸い込まれた。一ノ瀬さんはバットを振ることすらしない。

なんだ、意気込んで連れてきた割に、そんなに得意なわけではないのか。とはいえ、今日の彼女はパンプスにタイトスカート。体を動かすには少々不向きな服装だし、仕方ないか。雰囲気を味わいたかっただけだったのかな――なんて僕の考えは、直後に小気味良く響いたインパクト音にかき消された。

「ほいさ!」「よいしょぃ!」「あらよっとー!」

きん、かきんと、さっきまでとは打って変わって、一ノ瀬さんのバットから快音が響き続ける。

しっかりとふんばった下半身、しなやかに回る腰、そして鋭く翻る手首。一連の動作がパズルのピースのようにぴたりぴたりとつながって、美しいスイングを作り出していた。彼女のバットの軌道に少し遅れて、ポニーテールが柔らかな半円を描く。

「あの子、お兄さんの彼女?」

さっきバッターボックスから出てきた男性が、スポーツ飲料水片手に話しかけてきた。

「いえ、違います」

「はは、照れるのは可愛いけど、嘘をつくと傷つくのは彼女の方だぞ?」

男性は品のいい紺色のネクタイを器用に片手で解きながら、僕に話しかけ続ける。

「彼女さん、すごいね」

「きれいなフォームですよね」

訂正するのが面倒くさくなって、適当に相槌を打った。

どうせもう会うこともない人だし、勘違いされたって構わないだろう。

「ふっふっふ。バッティングの見方がまだまだ青いなあ。あれはね、フォームはもちろんだけど……何より目がいいんだよ」

「目、ですか」

「ああ。彼女さんが今やってるのは、このバッティングセンターで一番難しい、ランダムって設定だ。投げられる球の速度が毎回違うんだ。それを全部完璧にミートしてる。尋常じゃなく目がいいね。間違いない」

「へえ……」

遠目にぼんやりと見ているだけでは分からなかったが、言われてみれば、確かに球速が違うような気がする。

バッティングセンターに来たことがない僕には知りようもないけれど、きっとあれを全て遠くまでかっ飛ばしている彼女は、相当な腕前なのだろう。

「いいねえ、ああいう健康的な彼女。見たところ、スタイルも悪くない。くぅー！　うらやましいなあ、このっこのぉっ！」

背中を叩かれながら、なんでこの人はこんなにも親しげに語りかけてくるのだろうと、疑問に思った。

ちらりと顔を盗み見る。清潔感の漂う顔だ。鋭いながらも憎めない笑みをたたえる目元と、すっと通った鼻筋。薄い唇に、驚くほどに白い歯。

軽妙な語り口にどこか既視感を覚えて、自分の会社の営業マンに、誰か似た人間がいたかもしれないと思った。

「っと、彼女さん。終わったみたいだね。俺はこの辺で失礼するよ。急に話しかけて悪かったね。嫌だっただろう？」

「いえ、少しびっくりしただけで」

「はは、それならいい」

僕の左腕をぽんぽんと優しく叩きながら、男性は、ベンチに座った僕に目線を合わせるように屈んだ。

「俺、カイトって言うんだ。君は？」

あまりにも自然に、流れるように差し出された左手に、思わず反射的に手を出してしまった。

そして握手をしてしまったからには、自分も名乗らなくてはならない気になる。観念して僕は自分の苗字を口にした。

「……桐谷です」

「桐谷君だね、りょーかい。ここにはよく来るのかい？」

ここのバッティングセンターにはよく来るのだと言っていた一ノ瀬さんの言葉を思い出して、僕は頷いた。

「彼女はよく来るみたいですね。近くに住んでるそうなので」

「そうか！　なら、君にもまた会えそうだね！　彼女さんによろしく！」

名前はまた次の機会に教えてくれよなー、と言って去っていくカイトさんに、僕は曖昧な笑みを浮かべることしかできなかった。

「誰？　今の人」

入れ替わるようにバッターボックスから出てきた一ノ瀬さんが、ポニーテールを解きながら僕に聞いた。ゴム紐で束ねられていた髪が一瞬大きく広がって、少し大人びて見えた。

「知らない。一ノ瀬さんのバッティングのこと、ほめてたよ。目がいいって」

「へー……」

　一ノ瀬さんはわずかに目を細めて、カイトさんが消えていった扉に目を向けた。

「これまでのループでは会ったことなかったの？」

「うん、初めて見た。何が起点なんだろう……。この日、この時間にバッティングセンターに来たことは前にもあるけど、会ったことないし……。あのバッターボックスに入ったのはこれまでに二回……ああでも、球筋覚えてなかったから全然打てなかったっけ……。まさかそれが原因？」

　ぶつぶつと考え事をする一ノ瀬さんの独り言は結構大きくて、内容が丸聞こえだった。

あの男性のことも確かに少し気になるが、それよりも僕が驚いているのは——

「一ノ瀬さんって、記憶力がいいんだね」

「え？」

「これまで何回もループしてるのに、今日、この時間にバッターボックスに入ったことを全部覚えてるみたいだからさ」

　それだけではない。何回目のループの時に、どんな出来事が起こったのか。一ノ瀬さんは全て覚えているようだった。

　昨日からの彼女との会話を思い出しながら僕が言うと、一ノ瀬さんは、

「ああ。私、超記憶能力持ってるから。そういえば説明してなかったね」

なんでもないことのようにさらっと言った。

超……記憶能力？　それってすごい能力なんじゃないのか？

困惑する僕をしり目に、彼女は説明を始めた。

「超記憶能力……正式名称は『ＨＳＡＭ』。highly superior autobiographical memory の略称で、高い自伝的記憶能力って意味なの。聞いたことある？」

首を横に振る。いや話には聞いたことがあったけれど、そんなのドラマや漫画の世界での話だと思っていたし、正式名称なんて知るはずもない。

「一目見たら全部覚えられる、ってやつだっけ？」

「それは瞬間記憶能力、いわゆるカメラアイだね。混同されがちだけど、ＨＳＡＭとはちょっと違うんだよ」

なんていうのかなあ、と彼女は小さな顎に右手を添えながら続ける。

「瞬間記憶能力は、映像を一瞬で覚えられるの。文字情報を記憶するんじゃなくて、映像を記憶する能力に優れてるらしいね。スクリーンショットを撮って保存するフォルダがある、って考えたらいいのかな。で、ＨＳＡＭはそうじゃなくて、自分に関する内容を記憶する能力に優れてるの。何月何日に何があったとか、その時食べたものとか、話した内容とかを、全部覚えてる。日記を保存するフォルダを想像してくれたら分かりやすいかも」

二つの能力の違いは、写真を記憶するか、日記を記憶するかの違い。

そして彼女は後者。自分が無意識につけている日記を記憶する能力に長(た)けている、ということらしい。

「例えば瞬間記憶能力の持ち主は、全く意味のない数字の羅列(られつ)、円周率とかフィボナッチ数列とかを一瞬で覚えられるんだよね。だけど私のはそうじゃなくて、自分に関連した内容しか覚えられない」

「十分すごいと思うけど……」

僕が言うと、彼女は「そうでもないよ」と肩をすくめる。

「まあ、世界的に見ても珍しい能力なのは確かだね。本当かどうか知らないけど、研究上の記録では五十人くらいしか見つかってないって聞いたことあるし。ニューヨーク生まれのジル・プライスって人とかが有名みたいだけど……ちょっと問題もあってね」

一拍置いて、一ノ瀬さんは続ける。

「多くの人が強迫神経症を併発してるらしいんだ」

「強迫神経症？」

「簡単に言うと、意味のない行為を、何かに急(せ)き立てられるみたいに繰り返してしまうんだよ。お札を発行年ごとに仕分けたり、子供の頃の玩具を手放せなくて、ずっとコレクションしてたり」

曰く、HSAMの人たちは、そういう行動を伴うことが多く、どこか少し人とずれていたという記録が残っているそうだ。

「一ノ瀬さんも、そういう傾向があるの？」

僕の質問に、一ノ瀬さんはすぐには答えなかった。しばらくして、彼女はポケットからスマホを取り出しながら、逆に僕に問いかけた。

「翔也君はどうして私が、タイムリープなんて奇妙な現象に巻き込まれてると思う？」

言われてみれば確かに気にはなるけれど……。僕は黙って首を横に振った。

「私はね、自分がHSAMだからタイムリープを経験してると思ってるんだ」

「HSAMだから……？」

「要するに、私が時をさかのぼってるんじゃなくて、世界が同じ時の流れの上で回っていることを、みんながすっかり忘れてしまっているだけなんじゃないかってこと」

「それは——」

例えば今。

この一週間を繰り返すエラーのようなものが、世界で発生していたと仮定すると。

僕たちは時間が巻き戻ると同時に、一週間分の記憶も失うから、世界がループしていることに気付くことすらできない。

だけど一ノ瀬さんは、自分を中心とした世界を記憶する能力に優れている。普通なら失う記憶を、超記憶能力によって留めておくことができる。

だから、彼女だけはこの異変に気付いているのだと。

そういうこと、なのだろうか。

「私はね、あらゆる出来事をメモしてるんだ。もちろん、私の記憶の中にも同じものが残ってるんだけど……百三回目のループからかな、書き起こさないと不安になってきちゃって」

彼女が見せてくれたメモアプリの画面には、ぎっしりと今日あったことが書かれていた。

六時三十八分に目が覚めたこと。

洗面所に向かい、歯を磨いたこと。

歯ブラシの向きは、昨晩と同じで鏡台の方向を向いていたこと。

歯を磨き始めると、いつもと同じようにゴミ収集車がアナウンス音を流しながら家の横に駐車したこと。

あらゆる事柄が、事細かに、ある種――病的に。書き連ねられていた。

このメモは、次のループの時には消えてしまうはずなのに、彼女はそれでも記録を残す。

そしてこの行為は傍から見れば、強迫神経症を発症しているようにも見えるだろう。

「このバッティングセンターの球の出方についても書いてあるよ。ランダムの設定の時、最初に百十キロのボールが出た後は、大体九十キロのボールが出てくるの。ランダムとはいえ、プログラムに偏りがあるんだろうね。数百回も試せば、傾向も分かっちゃうんだ」

「だからさっき、全部打てたのか」

「そういうこと」

自分がタイムリープを経験しているのは、ＨＳＡＭを持つからなのだと彼女は言った。

もちろん、真偽は定かではない。そんな荒唐無稽な、ＳＦみたいな現象が実際に起こっているとは、僕には思えない。

だけど彼女にとって、これは希望なのだろう。

世界的に希少なＨＳＡＭを持った多くの人が、強迫神経症を発症していたと記録されているけれど、もしかしたらそれは本質を捉えてはいなくて。

実は彼らは全員、タイムリープに巻き込まれていたのかもしれない。

彼女がタイムリープを抜け出すためにメモを取っているのと同じように、何かの手がかりを探そうと必死になって起こした行動を、周囲の人間が強迫神経症を発症したと、勝手に勘違いしただけなのかもしれない。

「うん、そうだね」

一ノ瀬さんは、僕の考えを読んだかのように頷き、微笑んだ。静かな彼女の瞳に促されるように、僕は続きの言葉を口にする。

「もしそれが本当なら……彼らは既に、過去の記録になっているわけだから……。タイムリープから抜け出したことになる」

「大正解。あはは、馬鹿げた空想だなって思った？」

「……」

どう言葉をかけるのが正解なのか、分からなかった。

本当にそう思ってるの？　と聞くのは、あまりに残酷な気がしたし、きっとなんとかなるよ、とか、一緒に頑張ろう、なんて言うのは、あまりにも無責任で薄っぺらい言葉だと思った。

だから僕は、ただ黙ってバッターボックスに入った。昼ご飯一回分の金額が、緑色の機械に吸い込まれていく。

バットを握って、モニターに映ったピッチャーの姿をにらみつける。画素が粗すぎて、いつ投げてくるのかを視認することすら難しかった。

やがて鈍い音が鳴って、白球が投げ込まれる。

全力で振った金属バットは、ボールにかすりもしないで宙を切った。

なんだこれ、めちゃくちゃ難しいじゃないか……。

「翔也君、頑張ってー!」

バックネットの向こう側から、一ノ瀬さんの声がする。

振り向く余裕はないけれど、彼女の口角が上がっているだろうことは、声音だけでなんとなく分かった。

何度も何度も空を切り。

結局この日、僕のバットが白球を捉えることはなかった。

*

夜、電話がかかってきた。

キーボードの上に走らせていた指を止めて、脇に置いていたスマホを持ちあげる。

画面に表示された人物の名前を見て、少し考えてから、通話ボタンを押した。

「なんだよ才人」

「ご挨拶だな。全然メッセに返事ないから、わざわざかけたんだろ」

ああ、そういえば昨日の夜から返してなかったなと、才人の言葉を聞いて思い出す。

「ごめんごめん、ちょっと忙しくてさ」

「なんだよ、まだ怒ってるのかと思った」

「僕はそんなに根に持つタイプじゃないよ」

「それもそうか」

で。と才人が続ける。

「昨日の電話、なんだったんだよ？」

昨日の、というのは「僕が小説を書いていることを誰かに言ったか？」と聞いたことだろう。

言い訳を考えてなかったので、正直に答える。

「そのまんまだよ。あのことを知ってる人がいたから、お前が言ったのかと思って聞いただけ」

「へえ。それ、誰？」

「僕の従妹」

「俺が言ったわけなくね？」

それもそうだと、僕は適当にごまかす。

「分かんないよ。お前、交友関係広いから。ついに僕の従妹にまで手を出したのかと思って」

「いやいや、お前に従妹がいるなんてそもそも知らないし」

いないんだから当然だな。

「言ってなかったっけ？」

「聞いてねえ……けど、そんな話したことなかったし、当たり前か」

勝手に納得してくれたようなので、僕はそれ以上深く説明しなかった。

才人とは大学時代からの友人だ。付き合いはもう五年近くになる。

入学当初から仲が良かったわけではない。学部は違うし、サークルやクラブが一緒だったわけでも、ましてや同じバイト先に勤務していたわけでもない。

ただ、キャンパス内の同じ場所で昼飯を食べていた、それだけの仲だ。

『お前、そこで何してんの？』

桜を上から眺められる、数少ない場所だった。

近くには大きな池があって、遠くの方から学生の楽しそうな笑い声が聞こえ、近くに住む子連れの家族が、のんびりと散歩しているさまを眺めることができる。

人気（ひとけ）のない文化部棟の屋上。

その片隅に、誰かが置いていったまま、存在を忘れてしまったような、ペンキのはがれかけた青いベンチ。僕が毎日昼食を取っていた場所だった。

『何って言われても……』

『そこ、いつも俺が飯食ってる場所なんだけど』

男は青いベンチを指さして言った。

『僕も食べてるよ』

『じゃあなんで――ああ、そうか。今日俺、二コマ目休講だったから……』

どうやら僕と彼は、同じ場所で、時間差で昼食を取っていたらしい。

全日二コマ目を空きコマにしていた僕は、早めの昼食を。

二コマ目に講義を受けていた彼は、昼休みに時間通り。

そうして僕たちは、知らず知らずのうちにすれ違っていたようだ。

『お前、いつからここで飯食ってんの？』

『去年の四月から、かな』

『まじか、お前の方が先に見つけてたのかよ。地味にショック』

同い年だろうか。整髪料でばっちり決めた髪型に、力強い目。服装はカジュアルながらも、色味が整っていて、センスの良さを感じる。ぱっと見ただけで、僕とは違う世界に生きる人なんだろうと思った。
『俺、三木谷才人。二年。お前は？』
才人、と名乗った彼が近づいてきたので、僕はベンチから降りて自己紹介をした。
『桐谷翔也、二年だよ』
『タメか。楽でいいや』
どさり、とベンチに腰かけて才人はポケットから小さい箱を取り出した。
『吸う？』
『んー、吸ったことないからなあ』
『ま、一本試してみろよ。ほら』
一本手渡されたそれを、口にはくわえず、手の中でくるくると弄（もてあそ）ぶ。
細くて、軽くて、もろそうだと思った。
才人はそんな僕を見て、黙って自分のタバコにだけ火をつけた。
『ここ、いいよな』
煙を吐きながら、才人が言った。
『いい景色だし、割ときれいだし、何より誰も来ないから、うるさくない』
全面的に同意見だったので、「そうだね」と短く返す。

　友達と食堂で食べることもあったけど、圧倒的にここで食べる方が多かったのは、どこか遠くから聞こえる喧騒や、古ぼけたベンチや、ひび割れたタイルが、この一角だけを別世界のように区切ってくれているからだった。

『俺さ、コミュ力高いんだ』

『へえ』

『だけどコミュ力が高いのと、人付き合いが得意なのとはちょっと違ってさ』

　たまに、疲れる。

　煙と共に飛ばした言葉は、舞い上がってきた桜の花びらと一緒に、薄く、長く、消えていく。

『大変だね』

『それでさ、たまにどうしようもなく、むしゃくしゃする時があるんだよ。……死んじまえって、思うこともある』

　ひらひらと手元に落ちてきた花びらを摘みながら、僕は考える。

　そこまで強い感情を抱くのは、彼が他人に、何かを期待しているからではないだろうか。

　誰かを殺したいと思うには、それだけ誰かに執着しなくてはならない。

　期待しては裏切られ、執着しては嘲笑され、そのたびに自分の中の負の感情と相対し、なんとか折り合いをつけながら、再び誰かに笑顔を向ける。

それはひどく疲れることで、とても無意味なことのように思えたけれど――口には出さなかった。

『そういう時、ここに来ると落ち着くんだよ。自分を見直せる。自分を見返せる。ちゃんと人と付き合える自分に戻れる』

『大変だね』

『お前、さっきからそればっかだな』

『知った風な口を利(き)かれるよりマシじゃない?』

才人は一瞬驚いたような顔をして、その後、喉を鳴らして笑った。

『お前、いいやつだな』

『都合がいいやつってこと?』

『友達になろうぜ』

『いいけど』

直感だけど、僕はこいつのことが嫌いじゃなかった。

ウマが合いそうな気もした

多分それは、才人も同じだったのだと思う。

『なあ、じゃあ早速頼みを聞いてほしいんだけどさ』

『君、結構図々しいね』

『まあそう言うなよ。実は――』

「で、その従妹はいつまでこっちにいるんだよ」

「日曜までって言ってたよ」

「んだよ。じゃあ結局、週末飲めねぇじゃん」

「ああ、悪いな」

才人は電話越しに心底残念そうなため息をついた。大方、この前フラれた彼女について、つらつらと愚痴を言いたかったのだろう。

付き合ってやりたい気持ちはあるが、恐らく週末も、一ノ瀬さんと過ごすことになるだろう。安易に約束はできなかった。

「また来週にでも誘うよ」

「早めに連絡してくれよ。合コンの予定が入っちまう」

「はいはい」

軽口をいなしながら、その後も僕たちは取り留めのない会話を交わした。

彼女にフラれたばかりの頃は、それはそれは落ち込んでいたものだけど、もうだいぶ立ち直ったように思えた。

「なあ、翔也」

「どうした？」

「俺との約束、覚えてるよな」

「また唐突だね」

ふと窓に目をやると、結露が生じていた。表面をなぞると、凝集した水滴がゆらゆらと揺れながら下に落ちていった。一滴、また一滴と、不規則な跡を残しながら落ちる水滴に、あの日落ちてきた桜の花びらを重ねながら、僕は言う。

「もちろん覚えてるよ」

「そうか」

窓から見える景色は、とても寒々しかった。

もうすぐ雪が降るかもしれない。

僕はそっと、カーテンを閉めた。

【メッセージ履歴】


『こんばんは』

『やっほー、翔也君！　ねえ、知ってる？　世界最大の花をつけるラフレシアって、腐った肉に擬態（ぎたい）してるからめちゃくちゃ臭いんだって！　しかも死んだばっかりっぽくするために、ちょっとだけあったかくなってるんだって！　すごくない⁉』

『へえ』

『えー、反応うすーい』

『どう返したらいいか分からなくて』

『え、まじで⁉　すごいなそれ！　びっくりだわ！　……みたいな？』

『わざとらしくない？』

『確かに……。おっけーおっけー、分かった分かった。これは私の出した話題が悪かったね。うん、それは認めよう』

『別にそれはどうでもいいんだけど……。一つ聞いてもいい？』

『何？』

『一ノ瀬さんは僕のこと、監禁したりしないの？』

『え、されたいの？　特殊な性癖だね……。ううん、いいよ。大丈夫。私は翔也君にそういう趣味があったとしても、引かないから！』

『そうじゃなくて……。僕をどこかに監禁して、外部からの接触をなくせば、ループは抜けられるんじゃないかな、と思って』

『あー。それはないかなあ。根本的な解決にならないし、もし翔也君に抵抗されたら勝てないし、第一、君に嫌われちゃったら元も子もないからさ』

『嫌いになるかは、分かんないんじゃない？』

『え……喜ぶの？　やっぱりそういう趣味が——』

『違うって！　まったく……』

『あはは、ごめんごめん。ところで、今日はあの後、なんか変わったことあった？』

『ああ。そういえば、さっき才人から電話がきたよ』

『電話……。どんな内容？』

『くだらない話だよ。なんか、週末飲みたかったみたい』

『断った？』

『うん、従妹が来てるからって』

『そこは一貫させたんだ』

『いくつも嘘を用意するの、面倒くさいからさ』

『ふむふむ、これは都合がいいかも』

『どういうこと？』

『んー？　こっちの話ー』

【一ノ瀬茉莉花がスタンプを送信しました】

『なんだよ、気になるだろ。何か考えがあるなら、共有しようよ』

『おー、一理あるね。じゃあ明日話すよ』

『ありがとう』

『ううん。君がそう言ってくれて、私も嬉しいよ』

【一ノ瀬茉莉花がスタンプを送信しました】

『変わってるね』

『そうかな？』

『うん。今まで会った中で一番変人』
『嘘だー！　私、結構良識人だよ？』
『良識人は、自分で自分のこと良識人って言わないと思う』
『ぐぬぬ……三理ある……』
『残りの二つの理はどこから来たんだよ……』
『そういえばさ、翔也君』
『何？』
『小説、進んでる？　書けそう？』
『まあまあかな。でも、前よりはいい。ずっと』
『そっか。よかった』
『そろそろ寝る。おやすみ』
『うん、おやすみ翔也君。また明日』
【一ノ瀬茉莉花がスタンプを送信しました】
【一ノ瀬茉莉花がスタンプを送信しました】

幕間

――あの日、ノートに書き殴った。

誰かの命を奪ってはいけません。

今時小学生でも知っている、ありふれたフレーズですね。

ですが、自分はこの考えに納得していません。

勘違いしないでほしいのですが、否定的なことを言いたいわけではなくて、ただ単に納得していないだけなのです。

そして、こういう考えを持つ自分のような人間は危険だと、思想を正さなくてはならないと、正義感を振りかざす方がいることも理解しています。

そこでどうでしょう、ここは一つ、みなさんの熱い想いで自分を矯正(きょうせい)してみてはくれませんか？

　幸いにもここには、老若男女、様々な人が集められているようですし。

　おまけにたっぷり時間もありそうです。さ、語りましょう語りましょう。

　ああ、早速手が挙がりましたね。どうぞ。

「答えは簡単です。何人たりとも、他人の命を奪う権利を持ち合わせていないからです。他人を殺すということは、それ以降にあったその人の人生を、強制的に終わらせるということです。例えば、部活動に励み、勉学に勤しみ、友人も多く、周囲に将来を期待された高校生がいたとします。その子は将来、科学者となって人類に多大な利益をもたらしたかもしれません。権威のある医者となって、多くの病める人を救ったかもしれません。あるいはそこまで壮大でなくとも、愛しい人と温かい家庭を築き、自分の手が届く範囲の人にありったけの愛情を注いで幸せにしたかもしれません。それら全ての可能性を、一切合切奪ってしまう権利が一体誰にあるのでしょうか？　冷静に、客観的に、大人になって考えてみれば、そんな考えは生まれないはずなんです」

　はい、型にはまった、全く響かない、街頭で百人に聞いたら百五十人が答えそうな回答をありがとうございます。

　未来とか可能性とか、耳障りのいい言葉で誤魔化してますが、じゃあ逆に、その高校生が凶悪な犯罪者になって、多くの人を不幸のどん底に突き落としてしまったらどうするんですか？

それだったら殺した人は英雄になれますか？　なれませんよね？

まだ見ぬ未来のことで称賛されることがないのであれば、当然、罰せられてもいけないのではないでしょうか？

なに、屁理屈が過ぎるって？　あのねえ、さっきも言ったじゃないですか。私を納得させてくださいって。

納得するということは、理屈も屁理屈も全部ひっくるめて反論が出ないってことなんですよ。

そんなことも分からない人は黙っててください。

――ノートに書き殴って。

おや、今後は控えめに手が挙がりましたね。ではそこのあなた、どうぞ。

「私には娘がいます。今年で六歳になりました。可愛くて可愛くて、目に入れても痛くない、という慣用句の意味を噛みしめる日々です。そんな彼女が誰かに殺される……あるいは誰かを殺すなんてことを考えると、胸が張り裂けるように痛むんです。人って、そういうものなのではないでしょうか。自分だけじゃなくて、自分に近い誰かの死にも、とてつもなく感情を揺さぶられるんです。私達は常に誰かと関わって生きている。つながっている。クモの巣みたいに張り巡らされたその関係性の中で、誰かを殺したり、殺されたりすることは、周囲の人間を不幸にするんです。だから『自分のために』が、やがて『みんなのために』になるみたいに、そういう優しい世界を作るために、人は誰かの命を奪ってはいけないんだと思います」

　はい、ありがとうございます。

　娘さん、今年で六歳ですか。いいですね、可愛い盛りですね。

ところでなんでしたっけ、優しい世界がどうとかこうとか。そういう発想ができる人は、たくさんの愛情に包まれて育ったんでしょうね。

　ではお聞きしますが、誰ともつながっていないような人間、もしくは、誰からも疎（うと）まれているような人間であればどうでしょうか？　あなたの意見に当てはまりますか？

　そんな人間いないって？　いるんです、いるんですよ。あなたのその甘っちょろい想像をはるかに超えたところに、薄暗がりの何もない小さな部屋の中で一人、毎日無味無臭の生活を送っているような人間が。

そういう人であれば、別に人の命を奪っても問題ないわけですね？

え？　駄目？　んー、ちょっと意味が分かりませんね。


――書き殴って。


では最後にあなた。どうぞ。

「あなたの問いかけは非常に重要な問題をはらんでいます。つまり、あなたのような考えを持つ人間がこの世の中にはいる、ということです。残念ながら、少なからず。そしてそういう人間は必ず人の輪を乱します。やがて群れは崩壊、秩序は腐り、社会性なんて言葉は疾く失われてしまうでしょう。そうなれば、多くの人が健全で快適な毎日を過ごすことができません。文明的な生活も、先進的な技術も、全ては泡沫の夢と消えるわけです。つまるところ、人の命を奪ってはいけない、という文言は、道徳的、あるいは倫理的な概念から生まれたものであり、それ以上の意味を含みません。だけど、それでいいんです。私たちは、そういう社会の枠組みの中で生きているんですから」

ああ、ようやくまともな意見が出ましたね。安心しました。

今までの意見の総括（そうかつ）と言ってもいい。

一言でまとめてしまえば、こういうことでしょう。「法律で決まっているから」。

だから命を奪ってはいけない。

法のもとで過ごし、法によって守られ、何よりその法を作った人間である私たちには、これ以上の答えを返すことはできないでしょう。


――書き殴って。

――書き殴って。


だけど残念ながら、私は全く納得できません。

ええ、納得できませんとも。

だってみなさん、これだけ色々な意見を侃々諤々（かんかんがくがく）と交わしたにもかかわらず……


――書き殴って。

――書き殴って。

――書き殴って。

「ある大切なこと」を見落としているんですから。

――書き殴った、痛みの記憶。

十二月四日　水曜日【オレンジ色】

朝、いつもより少しだけ早く目が覚めた。

六時五十二分。もう一度寝るには、微妙なタイミングだ。僕は朝がめっぽう弱いので、出勤する時間よりも一時間ほど早く起きることにしていた。ゆっくりゆっくり、自分の中のエンジンをかけて、どうにか出勤の時間に間に合わせる。出勤三十分前に起きるという同僚もいるが、僕にはとうてい真似できない。きっと、積んでいるエンジンの馬力が違うのだろう。

目だけを動かし、窓の外を見ると、どんよりとした曇り空が広がっていた。気分が上がる天気ではない。

せっかく早く起きたのだから、小説の続きでも書こうかとベッドからはい出した、ちょうどその時。枕元に置いたスマートフォンが震えた。

着信画面には「母さん」と表示されている。無視するわけにもいかないので、エアコンをつけながら通話ボタンを押す。

「どうしたの、こんな朝早くに」

「あ、翔也？　おはよー。寝てた？」

「いや、いま起きたところ」

「あら、意外と朝早いのねー。昔は布団引っぺがしても、真横でフライパン叩いても起きないくらい寝起き悪かったのに」

「もう社会人だからね」

「またまたそんな大人ぶっちゃって。会社の人とか、ご近所さんに迷惑かけてないでしょうね？　ほら、あんた小さい頃、その辺の小石と棒拾って野球ごっことかしてたじゃない？　考えなしに行動するところがあるんだから、気をつけなさいよ？」

「はは、いつの話してるんだよ」

都心の大学に通うために上京して以来、実家にはあまり戻っていなかった。

母さんや父さんと顔を合わせるのは、せいぜい盆と年末年始くらい。

年に数日しか会っていないからか、母さんの中での僕は、小中学生くらいに戻っているようだった。

耳と肩でスマホを挟みながら、窓を開けた。

暖まりかけていた部屋の中を、乾燥した風がすかさず冷やしていく。

引き出しからタバコとライターを取り出し、窓の外で火をつける。煙を吐き出すと、僕の息かタバコの煙か、どちらとも分からない白が立ち上った。

「で、なんの用？　お米なら足りてるよ」

うちの実家は田舎にあり、数坪の田んぼを所有していた。そこで作った米を毎年送ってくれるのだが、いかんせん一度に送られてくる量が多すぎるので、余らせ気味だった。

「違う違う。隣の家の有村（ありむら）君、覚えてる？」

「……あんまり地元（そっち）の話は聞きたくないんだけど」

「あんた、まだそんなこと言ってるの？　いい大人なんだから、いつまでも昔のこと引きずらないでよ。大体、秋谷（あきたに）さんのおうちは、あの後、離婚して——」

大人じゃなかったり、大人だったり。母さんが思い描いている僕は、いったいどんな姿をしてるんだろうか。成人と子供の体のパーツが混じり合った、歪（いびつ）なキメラを想像しながら、母さんの言葉を遮（さえぎ）る。

「ああ、分かった分かった。悪かったよ。で、有村が何？」

あまり記憶にないが、確か高校の頃の同級生だったはずだ。何度か遊んだこともあった気がする。

「そうそう、有村君。あんた、仲良かったじゃない？　一緒によく遊んでたし」

あの頃の友達の中では、一番関わりがあったかもしれない。とはいえ、たまにお互いの家で遊ぶ程度のもので、そこまで深いつながりがあったわけではない。

互いに東京の大学に進学はしたが、それからは連絡も取り合ってはいない。高校までの友達なんて、そんなものだろう。

タバコの煙と共にもろもろの感情を静かに吐き出して、ただ続きを促した。

「あの子最近、結婚してこっちに戻ってきたのよ」

「へえ」

都心に出た人間が地元に戻るのは、僕の実家周りでは珍しいことだ。大体の人間はそのまま帰らずに、都心で生活を続ける。

「ほら、有村君の家、車の整備屋さんだったでしょ？　だから跡継ぐために戻ってきたんだって」

「ああ、そういうこと」

そのパターンならあり得るか、と一人頷く。

しかし……一度都心に出た人間が、その後の一生をあんな田舎で過ごせるのだろうか。最寄りのコンビニに行くのでさえ車が必要になるような、田んぼと畑と、あとはよく分からない古墳が点在するだけの、だだっ広い場所。

「結婚して家庭を持つと、それでもいいのかな」

「そうなのよ！」

無意識に言葉に出ていたようで、母さんの声のテンションが一段上がった。微かに、ぐつぐつと何かが煮える音がする。朝食の準備をする傍ら、僕に電話をかけているようだ。

「だからね、あんたも早く結婚しなさい？　いい相手、いないの？」

電話がかかってきた理由が大方分かって、ため息とともに煙を呑み込む。慣れない煙が肺を焦がして、思わずせき込んだ。

「ちょっと、風邪？　大丈夫なの？　あんた昔から冬は風邪ひきやすいんだから。風邪のひき初めには葛根湯（かっこんとう）と生姜湯（しょうがゆ）。小学生の頃、遠足の前日に高熱出して大泣きしたことあったでしょ？　あの時もこれでぴたって熱が下がったんだから」

「いつの、話だよ……。大丈夫、ちょっと変なところに水入っただけだから」

「そうなの？　ならいいんだけど。で、結婚よ、結婚。あんた、今時子供作るなら早めに計画しといた方がいいんだからね？　三十までに一人目作るとしたら、いい人の一人や二人、そろそろ作っとかなきゃいけないんじゃない？」

「だから……」

いつの話をしてるんだよ。

母さんが話す言葉の中には、過去と未来が詰まっていても、現在の話はかけらもなかった。たくさんの時間を一緒に過ごした在りし日と、いずれ訪れると思っているわが子の、型通りの幸せ。それだけに目が向いていて、まるでそれだけを求めているようで、今の僕については、何も聞いてこない。

僕がもう滅多に風邪なんてひかないことも、僕がタバコを吸うようになったことも、そして、タイムリープをしている女性と出会っていることも、知らない。

「なあに？　急に黙りこくっちゃって」

「ううん、なんでもない。そろそろ会社行く用意しなくちゃいけないから、切るね」

例えば今、どうやら僕は今週末に死ぬらしいと言ったら。母さんは一体どんな反応をするのだろうか。馬鹿なことを言うなと、一蹴されるだろうか。それとも――

意味のないＩＦを思い浮かべながら、僕はそっと手帳を開いた。

＊

人を助けるという行為には、おそらく二つの種類が存在する。

相手のために助けるか、自分のために助けるか。

前者は心に余裕がある人間にしか行えず、後者は心に余裕がない人間にでも行える。

そして今となっては信じがたいことに、昔は僕も、自分の身を顧（かえり）みず、他人をよく助けていた。無償の愛とまではいかないけれど、たとえ自分が傷つくことになったとしても構わないのだと、無鉄砲に突っ込んで、誰かを救うことをいとわなかった。

あれは中学生の頃だったか、いじめられている同級生の女の子に手を差し伸べたことがあった。

その子とは、特別仲が良かったわけではない。彼女が助けを求めたわけではなく、まして や誰かに背中を押されたわけでもなかったけれど、ただ僕は、そうしなくてはいけないのだと、半ば使命感に駆られたように動いていた。

あの頃の僕は、やることなすこと全てが上手くいくような気がしていて——事実、そうなっていて。だからこそ、余裕があった。相手のために、動くことができた。

……なんて。

柄にもなくこんなことを考えてしまったのは、ひとえに隣から聞こえてくる、女性社員同士の会話が原因だろう。

「課長、また宇尾溜さんに絡んでる」

「えー、やだー。ほんと宇尾溜さんのこと好きだよねー」

ちらりと視線を向けると、確かにパーティションの陰からカロンさんと課長の姿が見えた。課長は定期的に部署の中を巡回するのが好きで、特にお気に入りの社員には必ずと言っていいほど毎回声をかける。

大体の場合が若い女性社員で、カロンさんはその中でもかなりの頻度で絡まれている。カロンさんは嫌な顔一つせずに対応するから、課長も話していて気持ちがいいのだろう。

「誰か助けに行ってあげなよー」

「いやー、無理でしょ。課長、話中断されるとめちゃくちゃ機嫌悪くなるし」

「そうだけどさー。去年くらいから露骨だよねー。宇尾溜さんがフリーになったからって——」

「しっ。その話はしちゃダメっ」

課長の話は長く、短くて三十分、長ければ一、二時間は軽く拘束される。

ただでさえ忙しいこの時期に、まとまった時間を無駄に消費させられるのは非常に辛い。しょうがないな、と僕はタバコの箱をポケットに入れて、立ち上がる。

「お話し中にすみません」

パーティションを覗き込み、満面の笑みで話す課長と、百点満点に外行きな笑顔を浮かべたカロンさんに声をかける。案の定、課長の表情が一瞬にして曇った。できるだけそちらを見ないよう、カロンさんの目を見て言う。

「宇尾溜さん、お電話です。営業部から」

「あ、今朝電話した件かな。今行くね。課長すみません、続きはまた今度」

きれいな笑顔を残し、カロンさんは僕の手からスマホを受け取った。当然、電話なんてかかってきていない。

「さんきゅ。いつものとこで待ってるよ」

すれ違う瞬間、カロンさんは僕の耳元でささやいた。これだけ近くにいる課長ですら、僕に声をかけたと分からなかっただろう。場慣れしてるなあ。

「はいもしもし。お世話になっております、宇尾溜です。はい、はい。ええ、その件ですが――」

課長が別の女性社員に声をかけたのを確認してから、通話するフリをしたカロンさんの後を追う。部屋から出る時、声が聞こえた。

「そういえば一昨年から入ったあの子、カロンさんと仲良いよね。もしかして狙ってる？」

「えー、無謀すぎるでしょ」「でもカロンさんも楽しそうに話してるよ？」「えー、ないない。釣り合わないって」「そもそもカロンさんの好みって年上でしょ？　前付き合ってた――」

扉を閉めると、彼女たちの声は聞こえなくなった。

課長の次は僕か。と一瞬考え――いや違うな、とかぶりを振る。

単純にゴシップが好きなだけだろう。宇尾溜カロンという、あか抜けた、社内でも話題の、にもかかわらず特定の相手がいない、そんな「近くにいる芸能人」みたいな彼女を、話題のネタにしているだけだ。大変なのはカロンさんの方だ。

部屋を出てからほどなくして、半透明のガラスで覆われた喫煙スペースから、手を振るカロンさんを見つけた。

「ありがとー翔也君、助かった！　おかげで二時間しゃべくりコースから脱出できたよ」

「毎日大変ですね」

スマホを返してもらいつつ、ポケットからタバコを取り出す。

「いやいや。気にとめてもらえるのは、ありがたいことだよ。あ、一本くれる？　急だったから持ってくるの忘れちゃった」

そう言いながらも、カロンさんの表情はわずかに硬かった。

こうも毎日仕事を中断されては、ストレスも溜まってしまうだろう。

「いいですけど、僕のちょっと太いですよ？」

「うん、大丈夫」

一本取り出し手渡そうとすると、カロンさんは両肘をテーブルにつけたまま、口をわずかに開けた。

「……知りませんよ、誰かに見られても」

「別にいいもーん」

「嘘ばっかり」

「おや？　翔也君は、疲れた先輩を労(ねぎら)ってくれないのかな？」

「やっぱり疲れてるんじゃないですか」

そっと、タバコをカロンさんの口の中に入れる。そのままの流れで火もつけた。

「あと、『宇尾溜さん』なんて他人行儀な呼び方されて、ちょっと寂しかったし？」

「我慢してください。課長ににらまれたくないんですよ」

課長のお気に入りの人を、うっかり名前で呼んだりしたら、どんな仕打ちをされるか分かったもんじゃない。

「なのに助けてくれたんだ」

「周りの人がざわついてて、うるさかったので」

「優しいね」

「自分のためですよ」

「うん。ありがと」

どうにも話が通じていないようなので、僕は黙ってタバコをふかした。

カロンさんは、今日みたいに課長に話しかけられても大きな不満をもらさない。それどころか、話しかけてもらえてありがたい、とすら言っている。

上司やお偉いさんに声をかけてもらったり、名前を覚えてもらったりするのは、とってもありがたいことなんだよ、と言って。

『いやでもあれ、下心満載ですよ？』『カロンさん美人だから、絶対なんかされますよ！』『そうですよ！　そのうちすごいセクハラ発言とかされますって、絶対！』『もしかして、もうされてるんじゃ？』

ゴシップ好きの同僚たちから口々にそう言われても、『いいのいいの』とカロンさんは笑う。

以前、こんなことを言っていた。

『あのね。私の名前って、男だったら「論（ろん）」にするつもりだったらしいの』

男の子だったら「論」。女の子だったら「カロン」にすると、ご両親は決めていたそうだ。

『もし論だったらさ、私の名前、宇尾溜論でしょ？　絶対あだ名、スイカになってたと思うらいであだ名が定着しそうだと、初めてその話を聞いた時、僕は変に納得してしまった。なるほど、確かに中学生くらいであだ名が定着しそうだと、初めてその話を聞いた時、僕は変に納得してしまった。

『両親からそれを聞いた時ね、私、女の子に生まれて本当に良かったー、って思ったの。あだ名がスイカなんて、耐えられないじゃない？　私、スイカ嫌いだし』

それ以来カロンさんは何かあるごとに「女性で良かった」と思うようにしているらしい。多少セクハラめいた嫌なことがあったとしても、女性として生を受けて良かった面を見つけて、ポジティブに生きる。それが彼女のモットーなのだそうだ。

他人の生き方に口を挟むつもりはない。前向きな姿勢には素直に感心すらする。だけど時折、外行きの顔の裏にすっと影が差している気がして、少し心配にもなる。

「あんまり無理しない方がいいんじゃないですか」

「大丈夫。結構、息抜きは上手な方だから」

だけど、カロンさん本人がそう言うのであれば。

彼女を助ける必要は、ないのかもしれない。

「カロンさんって、あんまりタバコに口つけませんよね」

なんとなく話題を変えたくて、僕は前から気になっていたことを聞いた。

喫煙スペースで喋る機会は多いが、いつも彼女は、火をつけたタバコに一度か二度しか口をつけない。

「何か、理由があるんですか？」

「んー」

思い出したように口元にタバコを運びながら、カロンさんが答える。

「翔也君がタバコを吸うフリしてる理由を教えてくれたら、言おうかな」

「……」

予想だにしていなかった返答を受けて、思わず言葉に詰まった。しまった、と思った時には、既にカロンさんはしたり顔で笑っていた。

「あ、やっぱりそうなんだ。翔也君、反応が素直だから分かりやすいなー」

「かま、かけたんですね……」

「八割くらい確信してたけどねー」

ま、さ。とカロンさんは続ける。

「このご時世にタバコ吸うんだから、人それぞれ理由はあるってことだね」

「煙(けむ)に巻かれた気分です」

「ふふ、上手いこと言うね」

灰皿に数回しか口にしていないタバコを押し付けて、カロンさんは伸びをした。

「じゃ、そろそろ戻ろうか。私も仕事の遅れ、取り戻さなくちゃ」

「そうですね」

僕も頷いて、三分の一程度まで減ったタバコを押し付ける。

喫煙スペースから去っていくカロンさんの後ろ姿を眺めながら、いつから見透かされていたのだろうかと自分の記憶を思い返す。

脳裏に浮かんだのは、カロンさんと初めて一緒に過ごした夜のことだった。

事が終わった後、僕たちはどちらともなくタバコをくわえた。

『翔也君、タバコ吸うんだ』

一糸（いっし）まとわぬ姿のカロンさんは静かにそう言うと、シーツの中からしなやかな腕を伸ばし、
そして――

もし、あの時からバレていたのだとしたら……かなり格好悪いな。

「今さら気にしても仕方ない、か」

喫煙スペースを出た後、指先にこびりついたタバコの煙の臭いが嫌で、トイレで数回に分けて手を洗った。口の中に残った煙の味も気持ちが悪くて、口をゆすいだ後にミントガムを数個、放り込む。

味もにおいも、好きではない。

それでも僕は、タバコをくわえる。

＊

「タバコくさい」

「近い近い近い。ちょっと離れて」

会うや否や、僕の胸あたりに鼻を近づけて、においをかぎ始めた一ノ瀬さんの肩を押す。

おかしいな、来る前にしっかり消臭したつもりだったんだけど……。

「出して」

「何を？」

「タバコ。出して」

有無を言わさない様子だったので、渋々ポケットからタバコとライターを出す。

「これは没収します」

「横暴だね」

「しょうがないよ。体に悪いんだから」

「それがなくちゃ、生きていけない人もいるんだよ」

「何かに依存しなくちゃ生きていけないのは、良くないことだよ?」

ぐうの音も出ないほどに正論だけど、何もかも正論で片が付くほど、世の中は上手に回っていないだろうとも思う。

「何かに依存してまで生きているのは、悪いことなのか?」

だからまた、そんなテンプレートをなぞったような台詞を吐いて、彼女に反論してみたりする。答えのない問いかけ、あるいは、アンフェアな問いかけに、だけど一ノ瀬さんは笑顔でさらりと、苦もなく返答する。

「そこまでは言わないよ。だからまずは、私と一緒にいる時だけ禁煙しよ?」

僕もそこまで高頻度で吸っているわけではない。それくらいなら構わないよ、と言うと、一ノ瀬さんは「よろしい」と、やっぱり笑顔で答えた。

「じゃ、改めて話し合いをしようか」

「その前に一ついいかな?」

「なに?」

ポニーテールを揺らしながら、うきうきと僕の前を歩き出した一ノ瀬さんに問いかける。

「話し合うのはいいんだけど……なんで買い物しながらなの?」

彼女が指定した集合場所は親塚駅近くのショッピングモールだった。映画館やゲームセンター、各種の小洒落たショップが立ち並ぶ、そこそこ大きな娯楽複合施設のため、普段はカップルや家族連れの客が多いのだが――

平日だからだろうか。客層はどちらかといえば、制服を着た学生や、若々しい服に身を包んだ、大学生と思しき男女が多いようだった。

そんな中で、くたびれたスーツと、フォーマルではないとはいえ、おそらく仕事着なのであろうかっちりとした服装の一ノ瀬さんは、若干浮いていた。

「え？　お買い物、嫌い？」

「好きとか嫌いの話をしてるんじゃなくて、そぐうかそぐわないかの話をしてるんだけど」

いたって常識的な反応をした僕に、盲点だったとばかりに目を丸くする一ノ瀬さん。

「カフェとかバッティングセンターとか、いつも同じところばっかりだったら飽きるかと思ったんだけど、そういうのは気にしない感じ？」

「その心遣いはありがたいんだけどさ……」

どうも緊張感に欠ける。

一応これから話すのは、僕が一週間後――正確にはもう四日後に、三木谷才人か宇尾溜カロン、そのどちらかに殺されるのではないか？　という、極めて深刻な内容のはずだ。

「そんなこと言ったらさ、翔也君」

店頭に置かれた生き物を模した起き上がりこぼしを人差し指でつつきながら、一ノ瀬さんは言った。

「君の方が緊張感に欠けるよ」

「そうかな?」

「そうだよ」

カエルをイメージしているのであろう、緑色の置物が、ぐわんぐわんと左右に揺れる。

「友達が少ないはずの君が――」

おっと、その出だしは余計なのでは?

「どちらかに殺される。私がそう言った時も、君は、どこか別人の話を聞いてるみたいな顔をしてた。最初は、ただピンときてないだけなのかな、って思ってた。もしかしたら信じてくれてないのかな? とも思ってた。だけど、こうして数日経って、私がタイムリープをしているって前提で話をしている今でも、君は変わらない」

ねえ、どうして? と彼女は僕を見た。

澄んだきれいな瞳していた。黒目がちで、白目は大理石のようにつるりとしていて、引き込まれそうになる。周りの厚ぼったい化粧が邪魔だと思うほどだった。

緑色のカエルは　だんだんと左右の揺れが小さくなってきていた。その隣に置いてある、ピンク色のカエルを軽く爪で弾く。

「中学生の頃、僕は結構、活発な子だったんだ」

自分語りはあまり趣味ではなかったけれど、なぜか、彼女に話したくなった。ただ気まぐれに、語りたい気分だったのかもしれないし、一ノ瀬さんの真摯な瞳にあてられたからかもしれない。会社でふと思い出した、在りし日の記憶が、僕にそうさせたのかもしれない。真相は分からない。ただ僕は、静かに語った。

自分で言うのもなんだけど、小学生から中学生にかけて、僕はかなり利発な子だったと思う。

成績はすこぶるよく、運動だって人並み以上にできた。色々な子と話すのが楽しくて、同じ学年の子はもちろんのこと、他学年に至るまで、たくさんの子と友達になっていた。学年の上下も男女も関係なく、自然と僕の周りには人が集まってきて、いつしか中心的な存在になって、学校の行事やクラスの催し物を先導していた。大きな喧嘩を仲裁したこともある。

友人も、先生も、両親も、何より、僕自身でさえ。このまま健やかに成長して、順風満帆な人生を歩んでいくのだろうと、そう思っていた。

転機が訪れたのは、中学生になってからだった。

僕が通っていた小中学校は比較的田舎にある学校で、コミュニティーが非常に狭い。○○君と××ちゃんがいい感じらしい、という噂が立てば、一週間以内には駄菓子屋のおばちゃんがそれを知っているような、小さな町だった。

住民同士のコミュニティーは非常に強く、故に閉鎖的でもあった。

そんな田舎にある中学校に、とある少女が転校してきた。フルネームはもう覚えていないけれど、僕はずっと、彼女のことを「アキちゃん」と呼んでいた。

アキちゃんは物静かな女の子だった。休み時間は教室の後ろで本を読んでいて、体育の時間のマラソンでは、いつも最後にゴールするような子だった。

目立つタイプではないけれど、同時に誰かに疎まれるような性格でもなく、凪のように穏やかな、人畜無害な女の子。

現に転校してきてから一か月は、何事もなく平穏に過ぎた。

だけどある日を境に、彼女に対する風当たりが急に強くなった。

原因は、彼女の両親が、地域のコミュニティーに上手くなじめなかったことだった。

子供たちは親から「アキちゃんには近づかないように」ということを、やんわりと伝えられ、それを面白がったクラスメイトの一人が、悪ふざけで彼女を迫害し、彼女へのいじめは始まった。最初は控えめだった行動も、だんだんと過激さを増していった。親の意見を免罪符のように掲げ、誰かをいたぶる快感を覚えてしまったからだろうか。気が付けば、彼女へのいじめは手に負えないくらいに発展していた。

大人たちの言葉が起爆剤(トリガー)となり、弱者をいたぶる愉悦(ゆえつ)の味を知り、彼女の味方は一人残らずかき消えた。

「ねえ、アキちゃん」

一方、この頃の僕は、やることなすこと全てが上手くいくような気がしていて。事実、そうなっていて。だからこそ余裕があって、彼女のために行動することができた。

「一緒にご飯食べよ?」

教室から出て、一人どこかでお弁当を食べようとしていたアキちゃんを引き止めた。瞬間、クラス中の視線が背中に突き刺さったけれど、困惑と悪意の入り混じった気持ちの悪いそれを、僕は平然と受け止めた。自分なら彼女を救えると、この状況を改善できると、信じて疑わなかった。

迷いのない僕の行動は、クラスメイトに影響を与えた。

アキちゃんと一緒に行動し、休み時間には彼女と楽しくお喋りをする。ただそれだけで、少しずつではあるけれど、彼女への風当たりは和らいでいった。

だからこのままいけば、彼女はまた、静かな生活を送れると。

そう、浅はかにも思いこんでいた。

「あんた、本当にやめてくれない？　そんなに父さんや母さんを困らせたいの？」

僕を咎(とが)めたのは、他でもない両親だった。

桐谷さん家のお子さんは、ずいぶんとよそ者と仲が良いんですね、と嫌みを言われて、地域の催し物に出るたびに白い目で見られてしまうのだと、両親は言った。

「それに、このままだと、あんたまでいじめられるかもしれないじゃない。そんなの、父さんも母さんも、耐えられないよ」

僕の両腕をつかんで、顔を覗き込んで、眉尻を下げて母さんは続ける。

「あんたのこと心配して言ってるんだから」

衝撃だった。

誰かを助けようとすることで、他の誰かが不幸になる。そんな理不尽が世の中にあることを、僕はこの時初めて知った。

両親を含めた大人の存在は、この時の僕にはまだ、あまりにも大きくて。胸にしこりを抱えながらも、強く反論できず、アキちゃんとはもう関わらないと約束をした。

二か月後、アキちゃんは転校した。

転校する日、彼女はこっそり僕に会いに来て「助けてくれて、ありがとう」と涙ながらに感謝の言葉を送ってくれた。何にも染まっていない、混じりっけのない、水みたいに透明な、とても美しい言葉だった。まっすぐに僕を見つめる瞳が、本当にきれいだった。

僕は口の中に広がる鉄の味と一緒に、色んな言葉を呑みこんで、ただ一言「ごめん」とつぶやいた。「どうして翔也君が謝るの？」と、彼女は泣きながら笑って、静かに僕を抱きしめた。

その後、何か言葉を交わした気がするけれど——詳しくはもう、覚えていない。

それからさらに一週間が過ぎ。

もっと何か、彼女にしてあげられることはなかっただろうか。

やはり自分の選択は間違っていたのではないか。

そんなことを考えていたある日、クラスメイトの一人が僕の机の上に腰かけた。小学生の頃からの腐れ縁で、いわゆる悪友というやつだった。

まだアキちゃんが転校していたことを引きずっていた僕が、適当にあしらおうと顔を上げると、そいつは一枚の紙を取り出して、にやにやと醜悪（しゅうあく）に歪んだ笑いを貼り付けながら、耳元でささやいた。

「裏切者」

彼の手に握られていたのは、僕とアキちゃんが、最後の二か月間こっそりとやり取りをしていた、手紙の一部だった。

「両親に止められても、それでもやっぱり彼女のために何かしたくてさ。こっそりアキちゃんと文通してたんだ。毎日、教室とか廊下ですれ違う時に、ノートの切れ端に書いた手紙を渡して」

あれが彼女の支えになっていたかどうかは、正直自信がない。

表立って彼女を守ってあげられなくなったことを、僕は全力で謝罪したけれど、アキちゃんはただ一言「気にしないで。私は大丈夫だから」と笑って応えた。

そんな彼女の力になりたくて、ない知恵を絞って出した結論が、彼女との秘密の文通だった。

「で、結局そのうちの一通が見つかって、僕もいじめの対象になったってわけ」

いじめは少しずつ進行した。

いつも陽気な挨拶を返してくれる友人が、控えめに笑うだけになった。

一緒に昼飯を食べていた友人たちが、いつの間にか自分に隠れて別の場所で集まるようになった。

今日は忙しい、と帰っていった友人たちが、公園で楽しそうに騒いでいるさまを目撃した。次第に一人で過ごす時間が増えていって、誰かと話す頻度は目に見えて減っていった。そうして孤独に毎日を過ごすうちに、気が付けば僕は、クラスメイトと喋ることに恐怖を感じるようになっていた。あんなにも満ち溢れていたはずの自信は、嘘みたいに消えていた。

「自分に失望したよ。こんなに簡単に、自信ってなくなっちゃうもんなんだなって」

今にして思えば、この時の僕は弱っていたのだと思う。

アキちゃんから手を放してしまったことで、他人のために行動するという信念が揺らいでいた。

そこに輪をかけるようにいじめが始まり、体は不調を訴え始めた。

朝起きるのが億劫（おっくう）になり、朝食は喉を通らなくなり、玄関から足を進めるのが困難になった。

それでも。

両親を悲しませまいと、せめて家の中でだけは笑っていようと、乾いた笑顔を貼り付けて、はりぼてのような声で笑って、空っぽの心から、喜びの感情を絞り出していた僕は——ある一言が原因で限界を迎えた。

「母親に言われたんだよ。『あんた最近他の子と仲良くできてないんだって？　変なことで意地張ってないで、さっさと仲直りしちゃいなさいよ』って」

その情報を、母さんは友達の母親から聞いたらしい。

「子供同士の喧嘩ですし、どうせすぐに元に戻りますよねえ。うちの子、すぐに意固地になるから」と、笑いながら電話で話しているのを聞いた時、僕の中で何かが壊れた。

あたかも自分たちが被害者みたいな顔をして、子供同士の関係を壊そうとしたくせに、既に壊れてしまった子供たちの関係は直視せずに、ただ生ぬるいコミュニティーの中でへらへらと笑っている。

人は——簡単に言葉を覆して、今までの自分をあっけなく否定して、意見を変えてしまう。

僕がいじめられたら困るなんて薄っぺらい言葉を笠に着て、結局そんなことは微塵も思っていなかった両親にも。これまで過ごしてきた時間なんてなかったみたいに、簡単に僕を切り捨てたクラスメイトにも。そして——一方的に裏切られて、勝手に揺らいで、自信を喪失した自分にも、何もかもに嫌気が差して。

僕はそれ以来、人を信じるのをやめた。

「と、いうわけでさ。もともとあんまり、人のことを信用してないんだよ。だからあの二人のどっちかが、僕のことを殺そうとしてるって聞いても……ああ、そうなんだ、としか思え最後まで言い終えることができなかったのは、突然一ノ瀬さんが抱きついてきたからだった。

「じょうやぐんんんんんんんんんんー！」

「え、何？　まさか泣いてるの？」

「泣いてるよぉおおおお！」

嘘だろ。

僕と一ノ瀬さんは、つい最近出会っただけ、友人と言うにも頼りないくらいの関係だ。なのにどうして僕のことで、こんなにも感情豊かに泣けるのだろうか。

「じょうや君が泣かないがら泣いでるんだよぉおおおお！」

「い、意味が分からないんだけど……」

もしかしたら、タイムリープ中に何度も僕と出会っているから、深く感情移入ができるくらい、親密になったと感じているのだろうか。

仮にそうだとしても、いつもぶっきらぼうな対応しかしてないであろう僕相手に、こんなにも友好的になってくれるなんてことが――

「違うよ！　そんなんじゃない！　私は……っ！」

一ノ瀬さんは、なぜかそこで言葉を止めた。

僕を見上げる目は、真っ赤に充血していて、そこから零(こぼ)れ落ちる涙は、びっくりするくらいに透明だった。

「私は……そんな悲しい出来事を、翔也君が淡々と喋るから泣いてるんだよ」

「ちょ、ちょっと落ち着いて……」

そろそろ周りの視線が痛くなってきた。

忘れかけていたけど、僕たちは公共の場にいるのだ。多感な時期の青少年たちの好奇と怪(け)訝(げん)さが混じり合った視線が、体中のいたるところを貫いていく。

それに気付いていないのか、はたまた気にしていないのか、一ノ瀬さんは続ける。

「悲しい時に悲しいって言えないのは——寂しいよ」

「……そうかな」

すっかり動かなくなったピンク色のカエルに目を向けながら、僕は思う。

楽しい時には楽しいと、痛い時には痛いと。そして、悲しい時には、悲しいと。

素直に口にするべきなのだと、彼女は言う。

だけど、本当にそうなのだろうか？

僕は相変わらず、誰かが言ったことのあるような、どこかで聞いたことがあるような、型通りの台詞を吐く。

「そんなの、動物的すぎるよ。本能に従って、思ったままのことを口に出すなんて、それこそ子供みたいじゃないか。僕たちはもう大人で、本音を抑えたり、別の言葉に置き換えたりしながら生きていくべきなんだよ。それに第一、僕はこのことについては本当に、特に何も思ってないからさ。だから気にしないでよ」

一ノ瀬さんは、何も言い返さなかった。

ただ鼻をすすって、ハンカチで涙を拭いて、「ごめん、ちょっとお手洗い行ってくるね」と言い残して、足早に去っていった。

残された僕は怪訝そうな視線を向けている店員に軽く会釈をして、その場を後にした。

その後、二人で軽くご飯を食べて、今日はお開きにすることになった。特に気まずくなるようなことはなくて、さっきの話には触れずに、取り留めのない会話をした。今日、今後の話をするのは無理そうだと、彼女も思ったのかもしれない。

僕が死ぬまで、あと四日。口ぶりからすると、どうやら一ノ瀬さんはいろいろと策を練ってくれているようなのだけど、果たして上手くいくのだろうか。

ショッピングモールの外に出ると、雪が降っていた。今年の初雪だ。僕たちの口はやかんみたいになって、白い蒸気を吐き出していく。

「雪ってさ、降ってるの見ると寒さが倍増する気がするよね」

「あはは、なにー、その感想。風情がないなー」

彼女は笑うけれど、風情とはいったいなんだろうか。一句詠めばよかったのだろうか。

一ノ瀬さんはカバンから暖かそうなマフラーを取り出し、首に巻き付けた。

「準備がいいね」

「なんたってループしてますから。傘もあるよ？」

口元をマフラーで覆った彼女がもごもご言う。この日に雪が降ることが多いのかもしれない。この程度なら傘はいらないんじゃない？　と僕が言うと、それもそうだね、と彼女は笑った。

一瞬強く風が吹いて、僕の首筋を撫でていった。

「寒いな……」

「マフラー持ってないの？」

「つい最近、どこかに置き忘れてきた」

「あらー、おばかさん」

信号の前で止まると、目の前をすさまじい勢いでトラックが走り抜けていった。舞い上がった雪が、風の跡を白くかたどった。

その後に続いた車も、舞い散る雪を巻き上げた。次の車も、その次の車も。

ふと、思う。

冬は、それまで見えなかったことが浮き彫りになる。

口から吐いた息が、ゆらゆらと立ち上っていくことも。車が通った後に、地上から風を巻き上げていくことも。街頭が照らす明かりの境界線も。

他の季節では視認できなかった真実を、僕たちの目の前に突き付ける。

そこまで考えて、そうか、こういう台詞を言えば風情があったのかなあと思ったけれど。

やっぱり横を歩く彼女には、別の形で笑われそうなので、言うのはやめておいた。

ただ、この台詞は……うん、あまり型通りではなくて、いいな。

「しょーうっや君っ」

突然、首元が暖かくなった。手を添えると、毛糸特有の、少しちくちくとした感触がした。

「これ、あげるね！」

「え？　いや、悪いよ」

「大丈夫、私、他にもマフラーたくさん持ってるから！」

そういう問題じゃないのでは。大体、女性ものと男性ものだと、柄が……と彼女の体温を存分に含んだマフラーに目を向けると、僕がつけていても比較的問題なさそうな、無地の紺色だった。

「それなら大丈夫でしょ？」

「……ありがとう」

「どういたしまして」

二回りほど巻くと、口元が隠れるくらいまでいい感じにすっぽりと覆われた。自分の持っている衣服とは明らかに違う、甘い匂いがして少し落ち着かない。

「ねえ、気付いてる？　翔也君って、嘘つく時、クセがあるよね」

「僕は嘘なんてついたことないよ」

「またまたー。そんな人間いるわけないじゃん」

それはそうだけど。

信号が青になって、せき止められていた人々が我先にと足を出す。

一ノ瀬さんと僕は、ゆっくりと歩く。

「翔也君」

「何さ」

横断歩道を渡り切ったところで、一ノ瀬さんがくるりと僕の方を向いた。

白い吐息に、ネオンの光が当たっていた。

「私、絶対に君のことを助けるから」

可視化された彼女の息は、降りしきる雪とは逆方向に上っていく。

「だから私のことは、信用していいんだよ」

たった数日の付き合いで、誰かのことを信用するなんてあり得ない。

だけど一ノ瀬さんは、僕の知らない僕のことを、僕以上に知っていて。

それ故に、少し面食らってしまうくらいに、僕に優しく寄り添ってくれるから。

「うん、分かった。ありがとう」

僕はそう返答した。

マフラーにうずもれた口元から、白い吐息は出てこなかったけれど。

僕はそう、返答した。

【メッセージ履歴】

『今日はごめんね、急に泣いたりして』

【一ノ瀬茉莉花がスタンプを送信しました】

『気にしてないよ。それより、マフラーありがとう。助かった』

『どういたしまして！　私が使ってたやつで、むしろごめんね』

『僕は気にしない』

『ならよかった！　へ、変なにおいとかしてないよね？』

『においはする』

『えっ！』

【一ノ瀬茉莉花がスタンプを送信しました】

『や、やっぱり返して！』

『いや、なんていうか。いいにおいだよ』

『あはは！　その言い方、すっごく変態っぽい！』

『捨てようかな』

【一ノ瀬茉莉花がスタンプを送信しました】

【一ノ瀬茉莉花がスタンプを送信しました】

『ごめん、うそうそ！　ついほっとして調子乗りました！　捨てないでー！』

【一ノ瀬茉莉花がスタンプを送信しました】

【一ノ瀬茉莉花がスタンプを送信しました】


『冗談だよ』

『もー、焦らせないでよー』

『自爆しただけでは？』

『そ、そういえば。マングローブの種って海流に乗って運ばれるから、意外と遠くの土地で発芽することもあるって知ってた？　海流に沿ってマングローブは分布域を拡げるらしいよ！　植物って、動けないのにそうやって生育地を増やしていくから、すごいよねー！』

『へえ。すごいね』

『だよね！』

『そういうの、どこで仕入れてくるの？』

『んー、動画投稿サイトのチャンネルとか？　テレビはもう、見飽きちゃったから』

『あー、そういうことか。今度見てみようかな』

『いいね！　明日おすすめ教えてあげる！』

『ありがとう』

【一ノ瀬茉莉花がスタンプを送信しました】

『ところで話題は変わるけど、今日話そうと思ってたこと、ここで話しちゃうね。今の状況を、私なりにまとめてみたの。

①翔也君は日曜日に殺される。
②犯人は十中八九、三木谷才人さんか、宇尾溜カロンさんのどちらか。
③現状、その二人のどちらかを犯人と絞りこむことは不可能。
④できる限り二人の情報が欲しい。

ここまではおっけー？』

『おっけー』

『というわけで、私の作戦を聞いてほしいんだけど――』

幕間

何度も思い返してしまう記憶がある。

思い出すたびに心が苦しくなって、自分を痛めつけることが分かっているのに。

さながら焼かれると分かっていても、火中に飛び込んでしまう羽虫のように、幾度となくこの記憶を掘り返してしまうのは、自分の中にある数少ない愉悦の経験に紐づいているからなのかもしれない。


目をつぶれば思い出す。

校庭で猫が死んでいた。

二匹死んでいた。

一匹はずんぐりむっくり大きくて、一匹はひょろくて小さかった。

親子かなと誰かが言って、お墓を作ってあげようと誰かが言った。

軽快に、軽妙に、屋根や塀の上を駆け回っていた姿からは想像がつかないほどに、死体からはずっしりとした感触がした。

これが死の重みなのだろうかと思いながら、土を掘って、校庭で拾った石で周囲を固めた。

猫の死体を入れる時、静かに一人が泣き出した。

水面の波紋が伝播（でんぱ）するように、次々にみんな泣き出した。

この猫のことなんて、誰一人としてよく知らなかったのに、おかしいなあと思いながら。

死に直面した時、人は泣くのが普通なのだと、この時初めて理解した。

同じ年に、交通事故でクラスメイトの一人が亡くなった。

物静かで、いつも教室の隅で本を読んでいた女の子だ。

特に仲が良いわけではなかったし、言葉を交わした回数も、数える程度だった。

だけど、その子の笑顔はよく覚えていた。

席が近かった時、おはようと声をかけると、か細い声で返事をしながら、そっと小さく笑いかけてくれた。

例えば消しゴムを拾った時。

例えば教科書を見せてあげた時。

彼女はいつも、笑っていた。

真夏に降った新雪みたいな、静かで儚い笑顔だった。

彼女の笑顔を思い出すと、猫の親子が死んだ時よりも、ぐっと死が迫ってきた気がした。

胸の内には、ほんの少しの寂しさが去来した。

だから泣いた。

声を上げて泣いた。

少し経って、他には誰も泣いていないことに気付いた。

声が聞こえる。

「あの子、○○さんとそんなに仲良かったっけ?」

「いきなり、何……?」

「きもちわる……」

嘲笑と共に届いた言葉に、首を傾げた。

いやいや、それはおかしいよ。

話したことがなかったとはいえ、彼女はずっと同じクラスにいたじゃないか。

同じ空間で授業を受けて、ご飯を食べて、空気を吸って。

そんな身近な子が死んだのに、一体全体、なんで泣かないんだよ。

初めて見た猫の時は、あんなにさめざめと泣いていたくせに。

あんなに白々しく悲しみを表現していたくせに。
なんともまあ、分からないなと思い。
その日から、命の価値が曖昧になった。

十二月五日　木曜日【赤色】

気温が少し上がったからか、昨晩の雪が雨に変わっていた。窓を叩く雨粒の音が、外に出かけようとする足をぴたりと止めた。まだ出かけるまでには少し余裕があったので、手帳を開いて、パソコンを起動して、キーボードに指を走らせる。時間に制限がある時ほど、白紙を埋めていく電子の文字が増える速度は速い。

手帳に書かれたメモを、小説の形に作り直す作業。

数週間前までは、書いては消し、書いては消しを繰り返していたこの作業も、最近ではずいぶんとスムーズに進むようになってきた。

最近、というか、正確には一ノ瀬さんと出会ってからか。

彼女との出会いは死の宣告でもあったのだけど、僕にとってはそれ以上に、アイデアをくれる女神との邂逅（かいこう）にも等しかった。

『きみ、まわる。ぼく、とまる。』

テキストファイルの見出しについたタイトルを見ながら、ふさわしい内容になるよう、文を、単語を、列挙して、つなぎ合わせて、形にしていく。

ふと、手帳についている汚れに目がいった。

一か月ほど前だったか、今日のような雨の日に、駅で手帳を落としたことがあった。濡れた地面に接してしまった手帳はひどく汚れていて、帰ってからきれいにするのに難儀した。そんな手帳を、手が汚れるのも厭わず拾ってくれた人がいたのだ。傘に隠れていて顔はよく見えなかったけれど、隙間から見えた手は女性のものだった。

誰もが足早に、いらだたしく、いち早く雨から逃れようとしているような日に、他人の落としたものを拾ってくれるなんて、優しい人もいるものだと驚いたのを覚えている。

「……やば」

時計に目を向けると、出発すべき時刻を過ぎていた。いつもの電車に乗るためには、本気で走らなくてはならない。

自分の計画性のなさにほとほと呆れつつ、あわてて家を飛び出した。

雨は強く、降り続いていた。

足元と肩を中心にびしょ濡れになった状態で、会社に転がり込んだ。なんとか遅刻は免れたものの、雨だか汗だか分からない液体のせいで、ワイシャツや下着が張り付いて気持ち悪い。エレベーターに乗り、ビルの四階、企画開発部のフロアのボタンを押すと、僕と同じく体中がびしょ濡れの角刈り頭の社員が入ってきて、二階、営業部のボタンを押した。スーツに押し付けられる濡れた傘と、たかだか一階上がるだけなのに階段を使わない角刈り頭に、必要以上にいら立った。

エレベーターを降りて、実験室の前を横切り、オフィスの扉を開ける。がんがんに暖房が効いた部屋が、輪をかけて不快感を煽った。

「うわ、翔也君ずぶ濡れじゃない！　待ってて、今タオル持ってくるから！」

僕の姿を見るや否や、カロンさんがあわてて自分のデスクからタオルを持ってきてくれた。柔軟剤でふかふかに仕上がったそれで、僕の体を拭いてくれようとする。

「ありがとうございます、カロンさん。自分でやりますから、もう大丈夫です」

「あ、そうか。その方がいいよね。ごめんごめん」

「いえ、気持ちはとっても嬉しいです」

服の方はすぐには乾かないが、髪や顔、手足についていた水滴は拭い去ることができた。少し息ができるようになった気がして、そっと息を吐いた。

そんな僕の様子を見て、カロンさんがくすくすと笑う。

「それにしても、翔也君はまじめだねー。びしょびしょになってまで定時に来ようとするなんて。ちょっとくらい遅刻しても、怒られないのに」

「はは……ただの自業自得なので、まじめではないですよ」

「あ、そういえば。課長がさっき探してたよ」

げ、という言葉を呑み込んで、僕は問う。

「企画書の件ですか？　それならもう――」

「いや、別件っぽいよ。たぶん海外発注した製品の領収書の処理について」

「げ……」

「ふふ。心の声、漏れてるぞ」

とん、と額をつつかれる。嬉しくはあるが、残念ながら僕のやる気スイッチはそこにはないようだ。

「経理の人に頼んだら丸投げされた案件なんですよね……。海外関係はよく分からないのでそっちでお願いしますって」

「あー、うちの会社、ほとんど日本国内とのやり取りしかしないからねー。ノウハウがないのかも」

「僕、企画開発部ですよ。もっとノウハウありませんよ……」

「何か手伝おっか？」

さらりと、こういうことを言えるのが、カロンさんのかっこいいところだと思う。

彼女は平社員の僕よりもポストが上、与えられる仕事の量も、その重みも違う。

なのに自分の仕事は手早く片付けて、僕や、他の社員に手伝えることはないか、定期的に聞いて回ってくれる。多くの人から好かれている理由も、分かるというものだ。

「いえ、大丈夫です。自分でやります」

「そっか。辛いと思うけど、頑張ってね。そうだ。今日仕事が終わったら、軽く飲みに——って、従妹さんがいるから無理なのか」

ついうっかり、という感じで、カロンさんが頭をわしわしとかいた。光沢のある黒髪が、蛍光灯の光を受けて無造作に輝く。

「あ、それなんですけど」

昨晩の一ノ瀬さんとのやり取りを思い出して、僕は切り出す。ちょうどいいタイミングだ。

「明日の夜って空いてますか？」

「え、なになに？　予定変更？　従妹さんもう帰ったの？」

「ああ。いえ、そうじゃなくて。なんかあいつ、僕がお世話になってる人に挨拶したいって聞かなくて」

カロンさんの目が、すっと細くなる。

「もしよかったら、一緒にご飯でも……と思ったんですけど、どうでしょう？　もちろん、無理にとは――」

「うん、いいよ」

噂の従妹さんにも、会ってみたいしね、とカロンさんは笑った。

「他には誰が来るの？　私の知ってる人？」

「すみません、知らない人です。僕の大学の頃からの友人が来ます」

「ふーん、男友達？」

「……はい」

「あは、そっかー。知らない人が二人、仲良くなれるかなあ。それだけが心配」

「大丈夫だと思います。従妹はよく喋りますし、男の方はコミュ力の塊みたいなやつなので、カロンさんなら絶対、問題ないです」

カロンさんも人見知りをしないタイプだし、大丈夫だろう。

「ふふ、じゃあ楽しみにしてるね。それにしても……」

「なんですか？」

「お世話になってる人が二人って、少なすぎない？」

「選りすぐりの二人なんです。それはもう、協議に協議を重ね、選抜に至りました」

嘘だけど。

「なるほどなるほど。その中に入れたっていうのは、とっても幸運なことだね」

「そうですね。噛みしめてください」

「調子に乗るなー」

「って……」

再び、今度は少し強めに額をつつかれた。結構痛い。

額をさすっていると、後ろから視線を感じ、振り向いた。

扉の向こうから、課長がこちらを見ていた。

「おっと、そろそろ仕事に入らないとね。翔也君も、早く課長のところ、行った方がいいよ。雷が落ちる前に」

「はは、そうします……」

乾いた笑いと共に、僕はそう答えた。

変な嫉妬とか、されてないといいんだけど……。

二人を飲み会に誘おう！　という提案を一ノ瀬さんがした時、僕は反対した。

才人はいいとしても、カロンさんと一ノ瀬さんを会わせるのは、なんとなく怖かった。

「一ノ瀬さんが絡むことで悪い方向に進んだり、しない？」

僕がメッセを送ると、

「これまで介入しないで君が死に続けてるんだから、これ以上悪化することなんてあり得ないでしょ！」

と返ってきた。確かにその通りだ。

彼女にとって、僕が死ぬ以上に悪い展開なんてありはしない。タイムリープから抜け出せないのだから。

「その場で何か気づけるかもしれないし、もしかしたら仲良くなって、連絡先なんて交換しちゃって、個別に連絡が取れるようになるかもしれないでしょ？　いいことだらけだよ！だから、ね？　明日、二人に会えるようにセッティングしてくれないかなあ？」

彼女の言うことには一理あると思ったので、僕はこうしてカロンさんと、そして今から才人を誘おうとしているわけだ。

「あ、もしもし才人、今大丈夫？」

「ちょうど昼休憩中だけど、どうした？」

才人は自分の絵の才能を活かして、フリーランスでデザイナーをやっている。大体いつ電話をかけても問題ないことは分かっていた。

「明日飲まない？」

「無理、明日は予定がある」

「ぐっ……そ、そこをなんとか。従妹が会いたがってるんだよ」

「ああ、噂の。なんで俺？」

簡単に理由を説明すると、電話の向こうで才人が笑った。

「なんじゃそりゃ。律儀すぎんだろ」

「そうなんだよ、僕に似て」

「従妹はそういうの似ないいんじゃないか？　よかったな、似なくて」

ふざけろ。僕は誰がどう見ても律儀な好青年だろ。

「なあ、なんとかならないか？　美人なお姉さんも来るからさ」

「詳しく聞かせろ」

「ごめん、カロンさんのこと」

「ざけんな、絶対行かねえ」

僕とカロンさんのことは、当然才人にも話してある。話した当時は、危うく半分どころか五分の四くらい殺されるところだった。

「そう言うなよ。僕とカロンさんは、『そういう関係』じゃないんだ。さんざん説明したろ？」

「分かってるけどさ……。というかお前、まだあの人と関わりあったのかよ」

「そりゃ、同じ会社だしな」

「いや、そういうこと言ってるんじゃ……まあ、いいか」

しばしの沈黙があった。その隙にコンビニのおにぎりをほおばりながら、才人の返答を待つ。

ＯＫが出るかは五分五分だと踏んでいた。明日予定があったのは誤算だが、僕と才人の仲だ。あと三十分粘れば、五分五分も七分三分くらいになるはず……。

「分かった、行くよ」

「い、いいのか？」

「ああ。明日の予定はキャンセル入れとく。もともと、気乗りはしてなかったし」

「サンキュー、恩に着るよ」

「それに、従妹ちゃんはもちろんだけど……その宇尾溜カロンって人にも、一回会っておきたかったしな」

「へえ、どうして？」

「変な意味じゃないぞ。念のため言っとくけど」

「それは分かってるけど、だったらなんで……」

「んー、ここで言っていいのか分かんねえけど……。今、近くにいないよな？」

「カロンさん？　いないけど」

軽く周りを見渡すが、休憩室内に人の気配はなかった。大方みんな、外に食べに行っているのだろう。雨なのにご苦労なことだ。

「じゃあ言うけどさ」

「うん」

「お前、そのうちカロンさんに殺されると思うぞ」

＊

その日の仕事はとても時間がかかった。

僕の仕事が遅いのはもちろんだが、それ以上に投げられたタスクの量が半端ではなかった。見事に課長に嫉妬されてしまったらしい。

一ノ瀬さんにはあらかじめ連絡を入れてあるが、時刻はもう午後十一時前。さすがの彼女も帰っているのではないかと思ったのだが。

「あ、翔也君来た！　やっほー！」

彼女は待っていてくれた。

場所はこの前と同じくバッティングセンター。もう既に一発かっ飛ばした後なのか、炭酸飲料水片手にレストルームの椅子に座っていた。

そしてなぜか隣には――

「ほおほお。なるほどね。君の名前は翔也っていうのか。ばっちり覚えたよ、桐谷君」

カイトさんがいた。「また会えたね」なんてうそぶきながら、腹が立つくらいにさわやかな笑みを僕に送ってくる。

「一人でやってたら声かけられてね。暇だったしお話に付き合ってもらってたの！」

「そういうわけなんだよ。大丈夫、口説（くど）いたりしてないから！　ほんとに！　ほんとだから！」

「あはは、それじゃまるで、本当はやましいことがあったみたいですよ、カイトさん」

じゃれ合う二人の前に座る。一ノ瀬さんは僕の彼女ではないし、口説いていようがなんだろうが、僕は一向に構わないのだけど。面倒くさいことになりそうだったので、口に出すのはやめておいた。

「カイトさんも、今日は遅いんですね」

この前会った時は、午後八時くらいだったはずだ。たまたま彼も、仕事が終わるのが遅かったのだろうか。

「いや、仕事はもっと早くに終わってたんだけど……。実は、明日会うはずだった相手に予定をキャンセルされてしまってね。ちょっと憂さ晴らしに足を運んだってわけさ」

「それは残念でしたね」

ドタキャン、というやつか。そんなことをするやつの気が知れないな。

「そうだね。久しぶりに会う予定だったから、ね……。だけど、こうして君たちにも会えたし、むしろ良かった、と思うことにするよ！」

「カイトさん、ポジティブですねー！」

「悩むことは大事だけど、どうも俺には合わないみたいでね。良いことだけを考えるようにしてるんだ」

ポジティブさで言えば、一ノ瀬さんとトントンと言ったところか。世の中には前向きな人が多いんだな。

「そういえば、二人でなんの話してたの？」

待ち合わせ予定の時間から今に至るまで、一時間以上は経っている。

「あ、そうそう。面白いんだよ、カイトさんのお仕事。翔也君も考えてみてよ！」

「考えるって、何を？」

「そうだな、一言でいえば、芸術の大喜利みたいなものをやってるんだよ」

カイトさんが一ノ瀬さんの言葉を引き継いで説明した。

なんでもカイトさんは、アーティスティックプロデューサーという仕事をしているらしい。創る、というよりは依頼や調整をする、いわゆる裏方的な役割を果たしていて、大きな催し物がある時に、会場に展示する作品を集めるのだそうだ。

「それで今度、少し大きなアート系のイベントを任されることになってね。そこに置く絵画やオブジェを作ってくれる人を探してるんだよ」

「へえ、面白そうですね」

「はは。そう言ってもらえると本当に嬉しいよ」

「それで今回は、コンセプトがあるんですよね、カイトさん」

「そう。お題は分かりやすく、春夏秋冬。それぞれの季節から連想される、テーマとなる単語を一つ、作者ごとに設定して作ってもらう」

大喜利というのはこれのことか。

夏なら、アイス、セミ。春なら、桜。みたいな感じだろう。

「それでちょうど今、冬が一つも出てないから、試しに案を出してごらん、って言われてたの！」

曰く、現状空きがあるのは公募の枠らしい。

二か月前から募集を開始したが、残念ながらお眼鏡にかなう作者はいなかったそうだ。

「へえ。それで、一ノ瀬さんはなんて言ったの？」

「んーとね。みかんでしょ、サンタでしょ、おせちでしょ、それから……」

まんまじゃないか……。

「こういうのは、当然公募では通らないんですよね」

こういうのとはなんだ！　とばかりに机の下で蹴られた足をさすっていると、カイトさんが笑いながら答えた。

「うーん、作品にもよるけど、厳しいかもしれないね」

「安直すぎるからですか？」

「というより、そのテーマで観客を惹きつけるビジョンがわかないからかな」

カイトさんは続けた。

アート、もとい芸術は、人によって好き嫌いが大きく分かれる。絵画やオブジェの良し悪しを、客観的に評価できる人間なんてほんの一握り。

だからその中で評価してもらうためには、まずはたくさんの人に見てもらう必要があるのだそうだ。

「冬を題材にして『おせち』がテーマの絵を描いたりしたら、普通すぎて誰も目にとめないだろう？」

「むう、確かに……」

残念そうに唇を尖らせる一ノ瀬さんの横で、芸術も難しいんだなと、毒にも薬にもならない感想を抱いていた僕は、ふと気になることがあって尋ねた。

「ちなみに、落選した作品の中にはどんなものがあったんですか？」

「興味があるのかい？」

「少しだけ」

ふむ、とカイトさんは頷いて、ビジネスバッグの中からクリアファイルを取り出した。

「そうだな……この作品なんて分かりやすいかな」

そう言って出したのは、Ａ４サイズのコピー用紙に印刷された、一枚の絵だった。

「これは、最終選考まで残っていた作品だ」

「そんなの僕たちに見せていいんですか？」

ただでさえ、まだ公募枠の作品が決定していない状態で、全く関係ない素人に内部情報を漏らすのはコンプライアンス的によくないように思えた。

「構わないよ。結果は既に全員に伝えてある」

「いいじゃんいいじゃん、見せてもらおうよ、翔也君！　滅多にない機会だよ！」

それもそうかと思い、僕はカイトさんがテーブルの上に置いた絵に目を落とした。

ばっくりと開いた巨大な口が、僕を捉えていた。

「選択季節は冬。テーマとなる単語は――『最期（さいご）』」

醜悪でもあり、荘厳（そうごん）でもあり、そしてどこか……悲愴（ひそう）感があった。

今にもコピー用紙の中から飛び出さんばかりの迫力のある口。

口内にびっしりと生えた、人のものとも、獣のものともしれぬ牙。そして、ぬらぬらとしたどす黒い体液で絵の大半は占められていた。

しかし奥にいくにつれ、牙はやがて森になり、体液はやがて雨になる。上部にはひっそりと月が浮かんでいた。

「なんか、すごい……」

一ノ瀬さんの言う通り、確かに迫力のある作品だった。

最終選考に残ったというのも頷ける、なぜか惹きつける力のある絵。

でも——

「でもなんか、あんまりグッとこないかも……？」

思わず口に出てしまったのだろう。一ノ瀬さんはあわてて謝罪した。

「ご、ごめんなさい！　素人が偉そうに……」

「いや、実際その通りだよ。その絵は、誰か一人に対して描かれた絵だ」

だから届かない。

そう言って、カイトさんはペットボトルから水をあおった。

「描かれた絵に込められたメッセージなんて、分かるものなんですか？」

「鋭いね、桐谷君。確かに一枚見ただけではそうそう分かるもんじゃない。だけどこの絵の作者は、もう何回もうちのコンペに応募してくれていてね。何度も見ていれば、『何か足りない』と思う感情も、おのずと言語化されるというものだよ」

なるほど、と僕は頷く。さすがにカイトさんの言葉には説得力があった。

絵の端に小さく刻まれた、作者のサインに一瞬目を落としたのち、カイトさんは続ける。

「今回の作品は、イベントで展示するものだ。多くの観客に見てもらう作品に、そういうエゴを込められていては困るんだ。もちろん、エゴを突き通して素晴らしい作品を創る人も中にはいるが……この作者に、そこまでの力量はない」

「厳しいんですね」

「そういう世界だからね」

と、いうわけで。とカイトさんは仕切り直した。

「もっと一般客に近い視点からのテーマも募集してるってわけさ。さ、桐谷君はどうだい？ 何か思いつかないかな？」

「いや、この流れで言うのはハードルが高いような……」

「気負わず、思いついた単語を言ってくれるだけでいい」

「……そうですね」

普段ならば、「分かりません」とでも言って答えないところだけど、ふと、昨日の帰り道のことを思い出した。

一ノ瀬さんと信号待ちをしている時に脳裏によぎった、僕の胸の内からぽろりと零れ落ちた、誰の言葉も借りていない、僕だけの言葉。

全てを浮き彫りにする冬。

見えなかったものを可視化する冬。

それを一言で表すならば、最もふさわしいのは――

「真実、とかですかね」

着飾り、厚着をし、部屋の中にこもってしまうような、そんな寒い季節には到底ふさわしくない言葉かもしれない。だけど……冬にそういう側面があってもいいと思った。

「へえ……」

「えー！　ちょっとちょっと！　なんでそんなにいい感じの答え言っちゃうの⁉　私がバカみたいじゃん！　『マフラー』とか言いなよ！　昨日あげたでしょ！　ほら、早く！　せーの！」

「いや、だからそれは安直すぎるんじゃ――」

「誰が安直だー！」

そんなに怒らなくても……。てっきり「うわ、ポエマー？」とか言われると思ったんだけど、杞憂だったみたいだ。

「真実……真実か。いいね、すごくいい。どこか矛盾をはらんでいるようで、その実、的を射ているようにも思える。真実という言葉にすら、多様な解釈があるし、何よりキャッチーで分かりやすい。待てよ……もしかしたら、これならあいつも……だったらできるだけ早く予定を合わせて……」

「カイトさん？」

ぶつぶつと腕を組んで考えこんだかと思うと、

「桐谷君！」

「は、はい」

急に顔を上げて、僕の名前を呼んだ。目がらんらんと輝いている。

「もしかしたらこれ、使わせてもらうかもしれないけど、いいかな⁉　あ、アイデア料とかいる？」

「い、いいえ、結構です。好きに使ってください」

ぽっと考えただけなのにお金をもらうなんて、恐れ多すぎる。

なんだかよく分からないけど、やけに気に入ってもらえたみたいで、少しむずがゆかった。

「そうかそうか！　ありがとう！　なら遠慮なくいただこうかな。その代わり、イベントの招待券を送らせてもらうよ。これが俺の名刺。いつでも連絡してくれ！」

「ありがとうございます。ちなみに……開催はいつなんですか？」

「来年の三月末ごろを予定してるよ」

早春、桜が咲く頃、か……。

一通りの会話を終えて、カイトさんがお開きを切り出した。確かに、もう夜も遅い。

「今日、君たちに会えて本当によかったよ！　ありがとう！」

差し出された右手を握り返すと、力強く上下にぶんぶんと振られた。二回目に会ったとは思えないほどに、距離が近くなったように錯覚する。コミュ力が高い人っていうのは、どこにでもいるもんなんだな。

「それでは、また会おう！」

手を振り笑顔を振りまき、カイトさんはバッティングセンターを後にした。去り際までさわやかな人だな。

「イベント、楽しみだね」

楽しそうに一ノ瀬さんは言った。

カイトさんの話は聞いていたはずだ。イベントは来年の三月末、冬を越えた先に開催される、と。

どんな言葉をかければいいのか分からなくて、満面の笑顔で嬉しそうにはしゃぐ彼女の横顔は、僕を複雑な気持ちにさせる。

だから思わず、茶化してしまう。

「一ノ瀬さんの案だけだったら、チケットもらえてなかったけどね」

「ちょっとー！　それは言っちゃダメなやつだよー！　しょうがないじゃん、最初に思いついた単語がそれだったんだから！」

僕は言葉を呑んだ。

みかんとおせちは正月。サンタはクリスマス。

どちらも、永遠に十二月の初週をループしている一ノ瀬さんには届かないものだ。

目の前にあるのに、いつまでも訪れないもの。

それがとっさに思いついた単語だとするならば。

彼女はいつも笑顔で前向きで、とても悲観的になっているようには思えないけれど、もしかしたら本当は——

「しょ・う・や・君っ」

「……っ。いや、だから近い、近いって。ちょっとは距離感ってものを——」

「なんか今、めんどくさーいこと考えてたでしょ？」

僕の顔を下から覗き込むようにして、一ノ瀬さんは目を細めた。

「別に何も……」

「あはは、分かりやすい嘘ー」

からっと笑うと、一ノ瀬さんはバッターボックスの方へスキップしていった。

こっちへ来いとばかりに、右手でちょいちょいと手招きしている。

僕はため息をつきながら、昼飯一回分の金額を投入して、バッターボックスに入る。

やっぱりこの日も、バットの芯は、ボールを捉えることはなかった。

【メッセージ履歴】

『いよいよ明日は決戦の日だね！　ドキドキしてきた！』

『僕は不安で仕方がないよ……』

『大丈夫大丈夫！　私に任せなさいって！　あ、ちなみに私と翔也君の関係だけど、親同士が仲が良くて、小さい頃はよく一緒に遊んでいたけど、違う高校に通うようになってから疎遠になって、最近上京するにあたって、たまたま翔也君が近くにいることを親伝いに聞いて、再会した、って感じでよろしく！』

『すごい練りこんでるね』

『えへへー。そうでしょー』

【一ノ瀬茉莉花がスタンプを送信しました】

『ちなみに、明日の目標みたいなものはあるの？』

『目標かー。最低でも、二人の人となりを知ること。翔也君との距離感を見ること。私への風当たりを見ること、かな』

『一ノ瀬さんへの風当たり？　僕じゃなくて？』

『うん。私って、今すごくいいポジションにいるんだよ。三木谷才人君と、宇尾溜カロンさん。二人が犯人かどうかを試す、試験薬みたいなものなの』

『もう少し詳しく教えてくれる？』

『なんていうのかなー。私って今、毎日君と会ってるでしょ？　翔也君のことを殺そうとしている犯人からすれば、邪魔でしょうがないと思うんだよ。疎ましいと感じると思うし、私のことを、どうにかして排除しようとするかもしれない。そういう部分を、見極められたらベストかな』

『なるほど。結構考えてるんだね』

『でっしょー。そういう翔也君も、真剣だね』

『まあ、自分の命がかかってるし』

『それは確かに』

『あと、自分の知り合い同士が会うのって……変に緊張する』

『あはは、それこそ大丈夫だよ。翔也君と違って、他の二人はコミュ力高そうだし』

『おい、どういう意味だ』

『おっと、口が滑った。退散退散っと。今日は早く寝るんだよ、翔也君！』

【一ノ瀬茉莉花がスタンプを送信しました】

幕間

入浴剤にとろりと染まった浴槽で、時折、思い出すのです。

指の隙間から垂れ落ちる、乳白色の液体が、記憶を刺激するのです。

これはそう。

優しく包み込んでいたはずの両手から零れ落ちた、大好きだったものの話です。

大好きだったおばあちゃんは、九歳の頃に交通事故で亡くなりました。

大切にしていた犬のゴローは、十歳の頃に死にました。

仲良しだった親友は、十二歳の時に引っ越しました。以来、連絡はつきません。

ずっと毎日一緒に過ごせると思っていた父親は、十四歳の頃に母親と離婚して、どこかに行ってしまいました。

敬愛していた先生が死にました。

大学の頃の親友には裏切られました。

一生愛そうと思っていた人には捨てられました。

優しく包み込んでいたはずの両手から、大好きなものはぽたぽたと漏れ出ていきます。

どれだけ大切にしていても、必ずどこかへ消えてしまいます。

愛情を込めた分だけ、失った時の悲しみも大きくなります。

温かい浴槽の中で、寒空の下で凍えるひな鳥のように、震える体を抱きしめます。

もう傷つきたくないと思いました。

だけど、両手の中が空っぽになるのも怖いと思いました。

失うのが怖いなら、はなから手元に置かなければいい。そんな風に割り切れるほど、強い心を持ってはいませんでした。

相反する欲求に、二者択一を迫られます。

どこかに抜け道はないかと探しました。

どうにかして幸せになりたいと願いました。

ふと脳裏をよぎったのは、レジンの中に閉じ込められた、一輪の美しい花でした。

瑞々（みずみず）しく咲き誇っていた花を、つんで切り取り乾燥させて、レジンで固めたバラでした。

透き通ったレジンの液が、バラの花弁を包み込む、あの瞬間が好きでした。

形骸化（けいがいか）した抜け殻に、命が宿っている様に見せかける、あの瞬間が好きでした。

バラは時が止まったように、いついつまでも、レジンの中で輝きます。

うらやましいと思いました。

こうありたいと願いました。

やがて一つの答えにたどり着いて、湯船の中で弛緩(しかん)します。

なんて簡単な話だったのでしょう。

もしまた理不尽に幸せを奪われそうになったら、その前に時を止めてしまえばいい。

レジンに封じ込められて、永久(とわ)に凛(りん)と咲き続けている、真っ赤な真っ赤なバラのように。

ただ、それだけの話だったのです。

ただそれだけの、話だったのです

十二月六日　金曜日【オレンジ色】

茶色味が強い居酒屋の中で、狭苦しいとばかりに喧騒が跳ね回っている。

鉄板に載せられた肉がじりじりと焼かれながら運ばれてくる音、ジョッキ同士が重なった乾杯の音、いつもよりも大きな笑い声、それにかき消されないように張り上げられた話し声。それらが互いに負けじと主張しあって、無秩序なコンサートを開いているようだった。

そしてもちろんそれは、このテーブルも例外ではなくて。

「それでですねー。小さい頃の翔也君はー――」

「うんうん、それでそれで?」

僕は赤らんだ顔の二人から目を外し、ぬるくなり始めたビールに口をつけた。

「才人、早く来てくれ……」

一時間前。

仕事が少し長引きそうなので遅れる、と才人から連絡をもらった僕は、一抹の不安を抱きながら居酒屋に向かった。

店の中に入ると、カロンさんと一ノ瀬さんは既に席に座っていた。

ちなみに今日カロンさんは有給を取っていたので、現地集合だった。

カロンさんの私服姿を見るのは久しぶりだ。シンプルな無地のカットソーとジーパンをさっぱりと、かっこよく着こなしていた。

「お、来た来た。遅刻だぞー翔也君」

一ノ瀬さんが右手首の内側をとんとんと叩きながら言った。腕時計なんてつけてないくせに。

「いやいや、ぴったりだから」

「女性二人を待たせたら、それはもう遅刻と同じなのです」

「横暴が過ぎるだろ……」

席に座る。一番奥がカロンさん。その正面が一ノ瀬さん。

僕は少し悩んだけど、一ノ瀬さんの隣に座った。

「お疲れ。私もついさっき来たところだよ。もう一人の子は?」

「一時間くらい遅れるそうです。先に始めといてくれって言ってました」

「そっか。ところでさ」

突然何を思ったのか、カロンさんはずいっと僕の方に顔を寄せて、一ノ瀬さんには聞こえないくらいの小さい声で、ささやいた。

「君、まさかと思うけど、この子のこといじめてないよね？」

「いじめ……？」

この子っていうのは、間違いなく一ノ瀬さんのことだろう。で、その一ノ瀬さんを僕がいじめている？　どうして？

「すみません、ちょっと意味が……」

「ん、違うならいいんだ。忘れて。とりあえず飲み物注文しようか。すみませーん！」

そう言ってカロンさんはテキパキと注文をすませた。

彼女が何を言おうとしていたのか、気にはなるのだけれど、深く考える前にビールが運ばれてきたので、僕の思考はこれからの飲み会の方へと移った。

「それでは、茉莉花ちゃんとの出会いを祝してー、かんぱーい！」

ごちんとジョッキ同士がぶつかった。

「僕が来るまで、どんな話してたの？」

枝豆を口に放り込みつつ問うと、一ノ瀬さんが答えた。

「軽く自己紹介しただけだよー。従妹の一ノ瀬茉莉花です。いつも翔也君がお世話になってますって」

「そうなんだ」

なんでもない会話のようで、実はとても大切なやり取りだった。

僕と一ノ瀬さんは従妹でもなんでもない。少しの齟齬が命取りになる可能性だってある。

だからこうして、僕がいない間にどんなやり取りをしたのか、確認する必要があった。

「それにしても話には聞いてたけど……カロンさん、すっごく美人さんですね！　いいなー、私もこんな素敵な上司がいる職場で働きたいなー」

「ふふ、お上手だね。茉莉花ちゃんはどんなお仕事してるの？」

そういえば僕も聞いたことなかったな、とは口に出さず、ビールジョッキに手を伸ばして、黙って一ノ瀬さんの返答を待つ。

「私は病院――の受付で働くことになってます」

「病院っていうと、駅前のピエラ総合病院？」

「そうですそうです！　来年度からあそこで勤務なんですよー。ほらこれ。病院に入るためのＩＣカード」

財布から取り出したカードには、ピエラ総合病院の文字と、トレードマークの双葉が描かれていた。来年度から、というのは設定上の話だから、きっともう一ノ瀬さんはあの病院で働いているのだろう。何回かお世話になったことはあるけれど、一ノ瀬さんらしき人を見た覚えはなかった。

「えー、すごいね！　じゃあこの近くに住むんだ。もう決まった？」

「はい。やっぱり翔也君が住んでるあたりに条件いいとこが多かったので、その辺にしました」

え？　という言葉を、かみ砕いた枝豆と一緒に呑み込んだ。

一ノ瀬さん、僕の家の近くに住んでるのか。解散する時はいつも親塚駅の近くだったから、知らなかった。この飲み会中ぼろが出ないか、ますます不安になる。

「そうなんだ。いっそのことルームシェアしちゃえばよかったのに」

「いやですよー。たまにならいいですけど、毎日顔合わせるなんてー。小学生の頃ならまだしも、私ももう立派なレディーですし！」

酷い言われようだ。

「あはは、従妹ってそんな感じなんだ。私、親戚に年の近い子がいないから分からなくて」

「一般的かは分からないですけど……私達は小さい頃よく一緒に遊んでいたので、仲は良い方ですね」

ね？　と話を振られたので、僕も適当に相槌を打つ。

「そうかもね」

「私としては、お兄ちゃんがいる感覚に近いです」

「それは意外かも。私から見ると、翔也君は可愛い弟って感じだから」

「えー！　その話、詳しく聞きたいです！　会社での翔也君の話、聞きたいなあ」

「うーん、そうだなあ……」

逡巡（しゅんじゅん）したカロンさんが、「もう知られてるし、いいよね？」と目線で尋ねてくる。

一ノ瀬さんが僕たちの関係について全部知っている、ということは既に伝えてあった。僕が無言で頷くと、カロンさんは安心したように笑った。

「よし、じゃあ今日は、翔也君を肴（さかな）に飲もっか！」

「あはは、いいですねー！」

考えてみれば、会ったばかりの二人には「僕」という存在しか、確かな共通の話題がない。気まずい沈黙が流れないのであれば、いくらでもネタにしてもらおう。

段々と熱を帯び始めた二人の会話を聞きながら、そんなことを思った。

「それでですねー。小さい頃の翔也君はー、今よりももっとかっこよくてー」

しかし、それにしたって限度があるだろう。

なんで僕なんかの話題で一時間以上場が持ってるんだよ。

「いじめられてる子をですねー、こう、颯爽と助けたりしてたわけなんですよー」

「へー、そうなの翔也君？」

「そんなことも、あったかもしれませんね」

昔の、僕が転校する前の話、もっと正確には、僕がいじめられる前の話だ。

「今はこんなにひねくれちゃってますけどねー」

「そこが可愛いんじゃない」

「そうですかー？」

想像以上に、一ノ瀬さんは僕の過去のことをよく知っていた。

最初はとても驚いたのだけど……彼女はこれまで何度もループする中で、僕以外の僕に話を聞きまくったようだ。それらをつなぎ合わせ、あたかも「昔の僕を知る従妹」であるようにふるまっているということらしい。

一ノ瀬さんが今回の飲み会に自信たっぷりに挑んだのも、このアドバンテージがあるからなのだろう。逆に僕は一ノ瀬さんの昔のことを全く話せないわけだけど、今のところ彼女の話題が出る様子はないし、問題なさそうだった。

「それでですねー。いじめから助けた女の子に、月の形をしたペンダントをプレゼントしたりしてー」

「やだー、翔也君ったら、キザなんだからー」

「ちょっと、僕はそんなことした覚えないよ」

「ん？　あれ？　プレゼントは別の子だった？」

「うわ、色んな女の子に唾(つば)つけてたのー？　さいてー」

「そうだそうだー。翔也君さいてー」

「いやだから、してないって……」

段々と脚色もついてきてるみたいだし、事実無根の罪で糾弾され始めたし、いい加減、どんな顔をすればいいのか分からなくなってきた。

かといって、盛り上がっている二人を止めるのも悪い。

「才人、早く来てくれ……」

少しぬるくなったビールに口をつけながらそうつぶやいた時――祈りが通じたのか、店の入り口から才人がやって来た。

手を上げて場所を知らせると、才人はコートを脱ぎながら着席した。

「遅くなってすみません――って二人とも顔赤っ！　もうできあがってるじゃないですか！」

「おー、君が噂の才人君かー。一ノ瀬茉莉花です。翔也君がいつもお世話になってまーす。はい、自己紹介終わり！　さ、飲もー！」

「おお、すげえなお前の従妹ちゃん……コミュ力全開かよ」

「お酒も入ってるし、余計にね……」

才人の分のお酒を頼み、再び乾杯をすると、今度はカロンさんが口を開いた。

「初めましてだね。宇尾溜カロンです。初対面なのに顔真っ赤で恥ずかしいなあ。よろしくね、才人君」

「お噂はかねがね。三木谷才人です。一度お会いしたいなあと思ってました」

「私も。翔也君が話す時、よく出てくるから」

「はは、こいつ友達少ないですからねー」

「失礼な奴だな。お前も似たようなもんだろ」

「まあな」

そういえば、俺が来るまではどんな話してたんですか？　と問う才人に、一ノ瀬さんが答える。

「翔也君の話してたよ！」

「それで一時間も持ったの？」

「よゅー！　ねー、カロンさーん」

笑い合う二人をよそに、才人がこっそり耳打ちをしてきた。

「たいへんだったな」

「来てくれてほんとに助かったよ」

「ま、こんな美人二人に囲まれてちやほやされながら飲んでたんだから、それくらいの苦労はしなくちゃ罰が当たるな」

「ちやほやなんてされてないよ。おもちゃだよ、おもちゃ」

ようやく息ができる気持ちになりながら、才人とジョッキを合わせた。

「あー二人でいちゃいちゃしてるー。ずるーい」

「してないよ。言葉のチョイスがおかしいよね」

「才人君は、何してる人なのー？」

身を乗り出した一ノ瀬さんのポニーテールが鼻先をかすめた。

お酒と油のにおいが立ち込める居酒屋の中で、シャンプーの香りをやけにはっきりと感じる。

「俺？　俺はフリーのデザイナーだよ。ネットのホームページの広告とか、個人企画の宣伝のチラシとかまで、デザインとイラスト関係を手広くやってるよ。例えば、こういうの」

よどみなく喋りながら、才人は一枚の紙を取り出した。

そこには美しい花の絵が描かれていた。硝子（ガラス）でできた一輪の花が、砂漠の上で咲いている。灼熱（しゃくねつ）の大地の上で、じりじりとした太陽の光を浴びながらも、凛（りん）として咲く花。素人目に見てもとてもよくできたデザインだ。

「すごーい、きれー……。見て、カロンさん。すごいですよ」

「わ、これ手描き？　才人君が描いたの？　すごいね。お金出して買いたいくらいかも」

「二枚あるんで差し上げます。ちなみに裏返してもらうと分かるんですけど――」

ぴらっとめくると、絵ではなく、スタイリッシュなフォントで文字が書かれていた。

「――裏は名刺になってます。もし何かデザインをご入用の時は、ご連絡ください。安くしますよ」

「あはは！　ちゃっかりしてるー！　でもうん、仕事でお世話になることもあるかも。私の名刺も渡しとくね」

「ありがとうございます！　いやー助かります！　会社じゃなくてフリーでやってますからね。貪欲（どんよく）にお客さん増やさないとなんですよ」

「へー！　フリーでやっていけてるなんてすごいね！　なかなかできることじゃないよ」

「いやー、まだまだですよ俺なんて」

へらっと笑った才人に僕は言う。

「でも、割と繁盛してるんだろ？」

「ま、そうだな。とりあえず今年度の仕事は埋まってきたかな」

「そうか、よかったな。もう一個の方は？」

「……後で話す」

「分かった」

出会った頃から、才人は絵が上手かった。もともとは美大を目指していたという話だから、当然かもしれない。美術部にも所属していて、よく昼飯を食べていたベンチでも絵を描いていた。

絵に関係する仕事をしたいけど、食っていけるか心配だ。とぼやいていた才人に、とりあえず、やってみれば？　と適当な後押しをしたことを、よく覚えている。

結局、デザイン系の会社で働いたものの、一年を過ぎたあたりで退社し、独立した。

才人曰く、フリーランスの仕事は、儲けはそこそこだけど、自由なのは悪くないのだそうだ。カロンさんの言う通り、この時代にフリーで生計を立てているのは素直にすごいと思う。

才人はもうすっかり打ち解けた様子で二人と喋っていた。

さすが、コミュ力が高いと自認するだけのことはある。

才人が来てくれると、僕が自分から話す必要はほとんどなくなった。僕から切り出した話題といえば、一ノ瀬さんに「料理、食べすぎじゃない？」と言った程度のことだ。才人の倍くらいのペースで食べてるから気になっただけなのだけど、彼女は「みんなの食が細すぎるんだよ！」と大層ご立腹だった。たしかに才人はいつもに比べて、あまり食べていなかったかもしれない。

飲み会は円滑に進んだ。

カロンさんと、才人と、一ノ瀬さん。三人ともが次々と話題を出して、誰かが必ずそれに乗るから、話は全く尽きなかった。

こういう時、場を上手く回せる話術っていうのは、一種の才能だよなと思う。

「そういえばさー」

場もすっかり温まってきた頃、カロンさんが口を開いた。

すっかりリラックスした様子で、人のいい笑みを浮かべながら、さらりと言った。

「翔也君は、茉莉花ちゃんのこと、普段はなんて呼んでるの？」

「え？」

唐突な質問に、思わず返答に窮(きゅう)した。

もちろん、普段彼女のことは一ノ瀬さん、と呼んでいる。

だけど従妹であれば、苗字で呼ぶのはおかしい。ただでさえ、小さい頃はよく一緒に遊んでいた、という設定なのだ。

しまった……前もって考えておくべきだった。

「どうして、そんなことを?」

時間を稼ぐために、意味のない質問をする。形容しがたい焦りみたいなものが、足の裏でじんじんとくすぶり始めていた。

カロンさんは変わらぬ笑顔を貼り付けたまま、こともなげに言う。

「んー? 今日一回も名前で呼んでないなあと思って」

確かに呼んでないけど、さすがに目ざとすぎるだろ……。

「だから――」

「普段から、『おい』とか『なあ』とかが多いんですよ。ひどいですよねー。でもたまーに、マリちゃんって呼んでくれます! ね?」

瞬間、一ノ瀬さんが素早く助け船を出した。

僕は甘んじて、そして素早く、その船に乗る。

「そうだね。昔からそう呼んでたし」

「カロンさんも、マリちゃんって呼んでくれてもいいんですよ!」

「友達にマリちゃんいるからなー。混ざっちゃいそう」

「そっか残念。でもそう考えると、カロンさんの名前って独特で、うらやましいなー」

「えー、そうかな？」

いつの間にか会話は別の話題に切り替わり、僕はほっと胸をなでおろした。

一ノ瀬さんのおかげでなんとか乗り切れたけれど、呼称くらい、事前に確認しておけばよかったと思った。

それからしばらくすると、カロンさんが席を立ち、続いて才人も電話がかかってきたと言って席を外したので、僕と一ノ瀬さんだけになった。

二人に向かって「行ってらっしゃーい」とご機嫌に手を振る一ノ瀬さんの横顔はふっくらと赤く上気していて、少し不安になる。こんなに飲んで、ちゃんと今日のことは覚えているのだろうか。

「さてさてさてっとー」

そんな僕の心配をよそに、奇妙な掛け声と共にスマホを取り出したかと思うと、一ノ瀬さんはすごい勢いで何かを打ち込み始めた。

「何してるの？」

「んー？　今までで得られた情報を整理してるんだよー。いやー、やっぱり直接喋ると受ける印象が全然違うね。もちろん、翔也君から教えてもらってた通りの二人でもあったけどさ、私ってほら、完全に第三者だし？　全然違う側面から見ることもできたりして。うん、すっごく有意義」

さっきまでとのギャップに面食らう。もうすっかり酔っぱらったと思っていたんだけど、あれは演技だったのか……？

そう伝えると――

「演技じゃないよー、ちゃんと酔っぱらってるよ？」

「ちゃんと酔っぱらうってなんだよ……」

「気合さえあれば、酔いなんてすぐさめるし、逆に気を抜いたらすぐ酔っぱらえるでしょ？お酒なんてそんなものだよ」

そこまで量を飲まない僕には分からないけれど、とにかく彼女は正常で、きちんとこの場における仕事を全う（まっと）していたということだ。

「じゃあ、どっちが僕を殺すか、分かったの？」

なかなか物騒な質問だなと思いながら問う。

周りの客が仕事の話や恋の話に花を咲かせているからだろうか。世界からここの席だけが隔離されているような、奇妙な感覚に陥る。

一ノ瀬さんは、唇をもにょもにょと動かして、しばし考えたのち、答えた。

「正直、どっちも怪しいけど――」

「けど？」

「六対四でカロンさんかな」

「そうなんだ」

「理由、聞かないの？」

「だって、まだ確定はしてないみたいだし」

変に疑いをかけてどちらかと接するのも、よくない気がする。

「それよりも一つ、聞きたいことがあるんだ」

「うん、いいよ？」

「一ノ瀬さんは、どうやって犯人を止めるか、もう考えてるの？」

三木谷才人か、あるいは宇尾溜カロンか、そのどちらかに僕は殺される。

一ノ瀬さんの言うことによれば、僕は日曜日に呼び出され、殺害される。

だとすれば、それを未然に防ぐための方法は二つ。犯行の瞬間に犯人を止め、警察に捕まえてもらうか、あるいは、犯人を特定し、かつ僕を殺す動機を見つけ出したうえで、説得して心変わりさせるかだ。

既に金曜日。残された日数は少ない。

この時点でまだ『六対四でカロンさんが怪しいかもしれない』と言っているのは、正直かなり厳しい状況なのではないだろうか？

「大丈夫、策はあるよ」

「よかったら、教えてくれないかな」

「安心して、君を傷つけるような方法じゃないから」

メモをし終わったのか、一ノ瀬さんはカバンにスマホをしまいながら言った。

「言ったよね。私を信じてって。私は必ず、君を救うからって」

「うん、そうだね。分かってる。だから――」

「分かってない」

分かってないよ、翔也君。

一ノ瀬さんのつぶやきは、居酒屋の喧騒の中で、それでもしっかりと僕の耳に届いた。

彼女の瞳はしっかりと僕を見据えていて。何か、とても大切なことを伝えようとしているみたいに思えた。今の台詞は、とても重要な情報を含んでいるような気がした。

「それは――」

「にしても、二人とも遅いねー。二人してどっか行っちゃったのかな?」

だけど、僕が真意をつかみ取る前に、一ノ瀬さんはあっさりと話題を変えた。

聞かれたくないことなのか、それとも、ただの僕の勘違いなのか。深く追及するすべもないので、彼女の話題に乗ることにする。

「……確かに遅いね」

時計を見ると、二人が席を外してからもう十分近くが経過していた。

トイレが混んでいるにしても、二人ともこんなに遅くなるのは、少し妙だ。

「ちょっと見てくる」

嫌な予感がして、僕は居酒屋の隅にあるトイレに足を向けた。喧騒を押しのけながら、油っぽい床を踏みしめて進む。

トイレは奥まったところにあって、席の方からは完全に死角になっていた。

「――から、それが――」

「君が――権利――」

奥の方から二人の話し声が聞こえた。

穏やかな声ではない。僕は壁際から顔を出さないようにしつつ、聞き耳を立てる。

「ふざけないでくださいよ……。そんな軽い気持ちで、翔也を縛り付けないでください」

才人の声だ。あいつにしては珍しい、怒気を含んだ荒い声。ましてや相手は、今日出会ったばかりのカロンさんだ。

「別にいいじゃない。私も、あの子も、楽しんでるんだから。大人の関係に口を挟むのは野暮ってもんだよ？」

「何が大人の関係だ……あんたは――」

「だいたい、そういう君だって」

カロンさんが才人の言葉を遮る。こちらは、イライラしているのが伝わってくる、刺々しい声。

「ううん。君の方こそ、翔也君を縛り付けてるじゃない」

「なっ……」

「昔、二人の間に何があったのかは知らないけどさ……人にどうこう言える立場にはないんじゃない？」

「それは――」

「結局君は、取られたくないんでしょ。大切な彼を」

気持ち悪い言われようだなと、苦笑いがこぼれる。カロンさんの声は続く。

「ねえ、才人君。私たちは同じなんだよ。他人を責める権利なんてこれっぽっちも持ち合わせていない、悲しい悲しい……共依存体。——ね、翔也君」

いや、なんでバレてるんだよ。

やり手の侍に気配を悟られた忍者みたいな気持ちになりながら、僕は壁際から顔を出した。

「取り込み中すみません。なかなか戻ってこないから、気になってつい探しに来ちゃいました。なんの話、してたんですか？」

「あれ、聞こえてなかった？」

「あっちの方で騒いでる大学生グループがうるさくて。なんとなく二人がいるのは分かったんですけど」

「そっか、ならいいや。ちょうど今、彼とも話し終わったところ。あとはほら、楽しくパーっと飲もうよ。それでいいよね、才人君？」

才人はため息をつきながら頷いた。

「そうですね、茉莉花ちゃんにも悪いですし」

「うんうん。居酒屋に暗い顔はそぐわないしね」

そうして才人は、不承不承といった感じだったけれど、席に戻っていった。どうやら怒りの矛を収めてくれたようだ。

やれやれどうにかなったかと、僕も後に続こうとした——その時。

ぐいっと腕を引っ張られ、

「……どうしたんですか？」

「んー？　別になんにも」

気付けばカロンさんに抱きしめられていた。

背中に回された両手が静かにシャツをまくり上げ、するりと、しなやかに僕の背中に入り込んだ。這うように、カロンさんの指先が背中を撫でる。

「ちょっと、誰かに見られたらどうする――っ⁉」

苦言を呈そうとした僕の声は、しかし背中に走った焼けるような痛みにかき消された。

肩甲骨から腰にかけて、カロンさんのほっそりとした指が爪を立てながら下りていた。

僕は声を上げないように奥歯を噛みしめる。反射的にカロンさんの腰に回した右腕に強く力がこもった。

「苦しいよ、翔也君」

「……今のは不可抗力だと思います」

「ふふ、ごめんごめん。痛かった？」

「ちょっとシャレにならないくらいには。絶対に痕が残ってますよ、これ」

体を離すと、カロンさんはテキパキと僕の衣服の乱れを直し始めた。

じんじんと火照る背中の具合から、血は出てなさそうだけれど、赤い筋になっているだろうなと思った。二、三日は消えなそうだ。

「はい、できた。じゃあ戻ろっか」

「そうですね」

そして何事もなかったかのように、さっきの行為には一切言及せずに、カロンさんは席に戻っていった。

彼女は痕を残すのが好きな人だ。だけど、なんの理由もなく、気まぐれにやっているわけではない。この前喫煙スペースで、僕の小指を噛んだ時と同じように、今日は僕の背中に爪痕を残した。だとすれば、そこにある共通点は——

「今考えても仕方ない、か」

僕はかぶりを振って、席に戻った。

その後二時間くらい取り留めもない話をして盛り上がって、飲み会はお開きとなった。

最終的には楽しい会になったのではないかと思う。

終電がやばい、と走り出す才人と、もう面倒くさいからタクっちゃうかと、華麗にタクシーに乗り込んだカロンさんを見送って、僕と一ノ瀬さんも、駅前でそれぞれの帰路についた。

駅からの帰り道、少しアルコールが入って火照った頬を触りながら、僕はなんとか無事に乗り切ったことに安堵し、胸を撫で下ろしていた。

何事もなく、心配していたような大きなトラブルもなく、最後は平穏に解散することができた。才人とカロンさんは少し口論をしていたが、あれくらいは許容範囲内だろう。

そういえば……と、足を止める。

明日からの二日間、一ノ瀬さんは僕とどう過ごすのだろうか？

これまでは仕事帰りに必ずどこかで落ち合って、一日の振り返りをしていたけれど、明日からは休日だ。日中も空いている。

一ノ瀬さんに連絡を取ろうとスマホを取り出し、電池が残りわずかなことに顔をしかめつつ、画面を操作する。

十二月六日。時刻は日付が変わる直前だった。

メッセージアプリを立ち上げた瞬間に通知が入り——僕は才人に呼び出された。

【メッセージ履歴】

『一ノ瀬さん、まだ起きてる？』

『起きてるよー。さっき帰ってきて、ちょうどお化粧とか落とそうとしてたところー。どしたの？』

『大したことじゃないんだけど。才人に呼ばれたから、ちょっと会ってくるよ』

『え？』

『なんか、飲み足りなかったみたいでさ』

『駅近のどこかで飲むと思うし、そんなに遅くはならないと思うから、心配しないでね』

『ち、ちょっと待って、翔也君。どこで会うの？　私も行く！』

『翔也君！』

『私も行くから、場所教えて！』

『翔也君！』

『……翔也君？』

『えっと……もう行っちゃった？』

『もしかしてスマホ、どこかに忘れちゃったのかな？』

『あ、分かった。意地悪してるんでしょ。やだなー、翔也君のいけずー』

『ねえ』

『ねえ、返事してよ……』

『翔也君……』

『翔也君……！』

『しょうや君……っ！』

『お願いだから、もう』

『もう私を一人にしないで』

【一ノ瀬茉莉花が十四個のメッセージを消去しました】

十二月六日　金曜日　深夜

ブラックアウトしたスマホを眺めながら、足早に待ち合わせ場所へと向かう。

バッテリーが切れたスマホはうんともすんとも言わなくて、ただそれだけでひどく不安になる。

充電がなくなる前に、あわてて一ノ瀬さんにメッセージを送ったけれど、少々言葉足らずだったかもしれない。早めにコンセントがある店に入りたいところだ。

「よう、悪いな急に呼び出して」

コンビニ前のガードレールに腰かけながら、才人が手を振っていた。

店内の明かりが外に染み出して、才人の顔を照らしていた。

「気にしなくていいよ。才人は電車、大丈夫なの？」

「終電はあきらめた。ま、歩いて帰れない距離じゃないからさ」

「そっか。じゃあとりあえず、移動する？」

「いや、ここでいい」

才人は手に持ったビニール袋の中から缶チューハイを取り出し、僕にひょいと投げた。

「たまにはこういうのも、悪くないだろ」

プルタブを起こし、互いの缶を合わせて一口飲む。人工的なレモンの味がした。

「はは、やっすい味がするな」

「僕は嫌いじゃないけど」

「お手軽なやつ」

「お前が買ってきたんだろ」

ちらちらと、今日も雪が降り始めた。外気で冷えた缶が指先の熱を奪っていく。

火照った首元に缶を当てると少し、心地よかった。

僕らの横を、猛烈な勢いでトラックが走り去っていく。

粉雪が、トラックの跡を象（かたど）って消える。

「今日、茉莉花ちゃん楽しんでたか？」

「ああ。また二人に会いたいって言ってたよ」

「そりゃよかった。連絡先も交換したし、これで気軽に会えちゃうな」

「いつの間に……お前が親戚になるのは嫌なんだけど」

「馬鹿、向こうから提案されたんだよ。カロンさんも交換してるはずだぜ」

「ああ、なんだ……。そういえばお前、カロンさんと喧嘩してたな」

「喧嘩じゃねえ、挨拶だよ挨拶。互いに親交を深めてたのさ」

「仲良くなれたのか？」

「未来永劫無理だろうな」

「だと思ったよ」

カシュッと空気の抜ける音がして、才人は二本目のチューハイを呷(あお)った。

「お前、あの人のどこがいいの？」

「んー。どこだろ」

「体、とか言うんじゃねえだろうな」

「いや、さすがにそれはない……」

「あんなにエロいのに？」

「そういうことじゃないって。純粋にかっこいいんだよ、あの人は。仕事はできるし、頭の回転も速いし、弁も立つ。気配りだってできる」

「お前それ、ただの憧れなんじゃないのか？」

「だけど、プライベートでは結構抜けてたり、甘えてきたりするんだよ。可愛いだろ。

ギャップってやつ？　まあ要するに、僕のタイプなんだと思う」

「あー、もういいや。胸やけしそう」

　カシュッ。

「お前が聞いてきたんだろ」

　カシュッ。

「誕プレとかあげてんの？」「いや、あげたことないな」「もらったことは？」「ある」「ふーん」「なんだよ」「いや別に」「なんだよ、言えよ」「なんつーか、不憫なやつだなと思って」

「お前……もうちょっと言い方ってもんがあるだろ」

　カシュッ。

「で、才人は別れた彼女のことはもう吹っ切れたの？」「当たり前だろ、いつの話してんだよ」「どうだか。夜中に鬼のように電話してきたの、まだ覚えてるからな」「あの時はしょうがなかったんだよ。他に話せる相手もいねーし」「悲しいやつ」「人のこと言えねえだろ」

　カシュッ、カシュッ。

「なんでフラれたんだろうね」「知るか。俺が聞きてえよ」「聞いたんだろ？　で、『なんか違うんだよね』って言われたんだろ？」「覚えてるなら聞くんじゃねえよ」「なんか違うって、なんだろうね」「……さあな」「才人は器用だからなー」「……今日のお前、性格悪くね？」

カシュッ。「さっきの腹いせだよ、気にすんな」カシュッ。

「あー、なんか乾きもの買っといたらよかったな。さきいか食いてぇ」「僕はチョコが欲しい」「うぇええ。お前酒飲みながら甘い物食えんの？　信じらんねえ」「なんだよ、前飲んだ時も買っただろ。レーズンチョコ。お前うまそうに食ってたじゃん」「あ？　あー……そういやそんなこともあったな。うん、あれはうまかった」「手のひら返しの早いことで」

「うっせーな、うまいもんに罪はねえんだよ」

「何それ、意味分かんない」

「なあ、翔也」

「なんだよ」


「成功ってなんだ？」


才人が握りつぶした缶が、めきめきと音を立てた。足元には、飲み終わった空き缶が転がっている。ようやく本題か、と。僕は缶チューハイを口に含む。べったりとした甘さが舌の上に広がった。

「俺は、成功してると思うか？」

「傍から見たら、そうなんじゃない？」

整った顔立ち。清潔感のある身だしなみ。口も達者で、愛想もいい。初対面の相手でも強く印象に残り、その後何度も連絡を受けるくらいに魅力のある人間。フリーランスの仕事も軌道に乗り始めている。絵も上手く、デザイン系の仕事は、これからどんどん入ってくるはずだ。

誰もがうらやむ成功者。仮に今、そう思わない人がいたとしても、いずれ多くの人間が、才人のことを認めるようになるだろう。それだけの能力が、才人にはきっとある。

「それじゃ意味ねえんだよ」

吐き捨てるように才人は言う。

「成功ってのは、主観的なもんだろ。他人が何を言おうが、外野がどう騒ごうが関係ない。俺が、成功したと思ってるか」

大事なのは、そこじゃねえのかよ。と最後は独り言のようにつぶやいた。

遠くで誰かが、大声で叫んでいる。楽しそうな笑い声が、無機質な街に空虚に響く。

ネオン光を呑み込む空を仰ぎ見ながら、

「そんなに難しく考えるようなことじゃ、ないんじゃないかな」

僕は言う。

「成功してとか、上手くいってるとか。こういうのって相対的なものでもあるだろ。他人に成功してるって思われるのは、もうそれ自体が成功してる人間の要素の一つなんだよ。その事実を完全に否定しなくたっていいだろ」

「お前は、いいよな……」

「何がだよ」

「楽しそうで」

「僕のどこをどう見たら、そういう感想が出てくるんだよ」

「今日だって美人二人もはべらせてさあ……」

何を言い出すかと思ったら……。

「お前の方が楽しそうに喋ってただろ。ほら、なんだっけ？　持ち前のトーク力で、二人とも楽しそうにケラケラ笑ってたじゃんか」

「るせえ……あんなのは猿真似なんだよ……」

酔いが回ってきたのか、才人の呂律（ろれつ）は怪しかった。

地面に転がっている空き缶を数えて、そりゃこうなるかと息を吐く。

九割方中身のない話しかしていなかったけれど、今日はいい加減お開きにした方がいいかもしれない。ビニール袋に空き缶を入れて、才人の肩に手を置くと、急に胸倉をつかまれた。

「おい、翔也」

僕らの横を、また数台のトラックが走っていく。

深夜の配達に急ぐドライバーたちがアクセルを踏み込んで、タイヤと地面がこすれる音が周囲に轟々と散らばり、

「翔也、お前――……――……――」

才人の声を上書きした。

トラックが過ぎ去った後、異様に周囲は静かになって。

コンビニのテーマソングだけが、自動ドアの隙間から微かに漏れ聞こえていた。

才人の言葉は、半分も僕の耳には届かなかったけれど、何を言ったのか、おおよその見当はついていたから――

「ああ、心配すんな」

才人の肩に手を置いたまま、僕は答えた。

ふらつく才人をタクシーに押し込んで、僕も家に帰ることにした。

体の表面はすっかり冷え切っていて、早く温かいシャワーを浴びたいと思った。

スマホの充電をできずにいたことも気がかりだった。土日の予定について、結局一ノ瀬さ

んとはなんの相談もできていない。腕時計をしていないので、正確な時間は分からないが、さすがにもう寝てしまっている時間帯だろう。

彼女はどうやって、犯人を特定するのだろうか。

どうやって、犯人を説得するつもりなのだろうか。

できれば今日中に話を聞いておきたかったのだけれど。

と、その時――僕のコートの裾を誰かがつかんだ。

「翔也、君……」

ここ数日間ですっかり聞きなれた声。

振り返ると、やっぱりそこには一ノ瀬さんがいた。

うつむいた彼女の口元から、幾筋もの白い息が上っていく。

「一ノ瀬さん、どうしてここに?」

「どうして……?」

気が付くと、僕の胸元には一ノ瀬さんの顔があって。

コートの襟元を強く握りしめた一ノ瀬さんの顔は、びっくりするくらいに悲痛に歪んでいて。僕はただ、呆気にとられた。

「それは、こっちの台詞だよ!」

「っ……」

「どうして、なんの連絡も返してくれなかったの？」

「ス、スマホの充電が切れちゃって――」

「どうしてこんな時間に一人で出かけるの？」

「だからそれは、才人に呼び出されて――」

「どうしてっ！」

僕は気付く。

彼女の言葉は、返答を求めてはいなかった。

答えを欲しているわけでもなかった。

ひたすらにむき出しの感情をぶつけたくて、必死に、ただ必死に、一ノ瀬さんは訴えかけていた。

「どうしていつもいつも、私の前からいなくなろうとするのっ⁉」

僕は、日曜日に死ぬ。

これまで一ノ瀬さんがどれだけ頑張っても、あがいても、引き止めても、するりするりと、

僕は彼女のもとから姿を消してしまった。

だから、こうして日曜日以外に姿を消してしまっても、敏感に反応してしまうのだろう。

抑えきれない感情を、爆発させてしまうのだろう。

「ごめん」

僕は今日、別に彼女のもとからいなくなろうとしたわけではない。

ほんの少しの間、才人と安い缶チューハイを傾けながら、取り留めのない話をしていただけ。

あいつの愚痴を聞いていただけ。

そんな言い訳は、しなかった。

「ごめんね、一ノ瀬さん」

ぐりぐりと頭をこすりつけてくる一ノ瀬さんをあやしながら、胸の内でふと思う。

一ノ瀬さんがすすり泣いている理由は、確かにこうして理解はできる。

しかしそれ以上に、納得できない。

だって一ノ瀬さんには『次』がある。

今回のタイムリープで僕が死んだとしても、彼女はまたやり直せる。

なのにどうして、こんなにも切羽詰まったように、焦っているんだろうか？

「……反省してるの？」

「うん、すごく」

「ほんとに？」

「うん」

「ほんとにほんと？」

「してるってば」

「なんでも言うこと聞いてくれる？」

「う――」

……ん？

一ノ瀬さんの台詞に少し違和感を覚えて、僕の言葉は途切れる。

その論理は、おかしくないか？

「いや、それはちょっと……」

「ダメなんだ」

もぞっと。胸元から僕を見上げて、不服そうに言う。

「こんなに私を不安にさせたのに、お願いの一つも聞いてくれないんだ」

「それとこれとは話が――」

「別なの？」

「別じゃないです」

どうにも分が悪そうだ。僕は予防線を張りつつ答える。

「分かった、聞くよ。僕にできることなら」

「……ほっほーう」

さっきまでの弱気な声音はどこへやら、してやったりな声を出して一ノ瀬さんが言う。

「いいこと聞いちゃった」

僕の胸元で強引に目元をこすったからか、目の周りが赤い。

だけどそれ以上に、街頭の光を反射しているきらきらとした瞳に、僕は目を惹かれた。

「じゃあさ。この土日、私、翔也君とずっと一緒にいていいよね？」

「なんだって？」

「具体的には、今日から二日間、君の家にお泊まりします」

「ちょ、ちょっと待って。それはさすがに……」

「……嫌なの？」

半眼で見上げながら、一ノ瀬さんは唇を尖らせた。

「反省してるって言ったのに？」

「うっ……」

「なんでも言うこと聞いてくれる、って言ったのに？」

「だからそれは――」

「――僕にできることなら、でしょ？」

一歩下がってくるりと回って、一ノ瀬さんは相変わらず半眼のまま、僕に悪戯っぽく笑いかけた。

「君の家に泊まるのは、十分、その範囲内だよね？」

目頭を揉みつつ、僕はため息をつく。

どうやら拒否権はないようだ。

こうなってくると、さっきまでの一ノ瀬さんの行動は、土日に僕の家に泊まるための演技だったんじゃないかとすら思えてくる。

いや……それはさすがに自惚(うぬぼ)れすぎか。

ともかく。

「掃除する時間が欲しい。三十……いや、十五分でいいから」

酷い惨状の部屋の中を思い浮かべながら、僕は必死に一ノ瀬さんに頼み込むのだった。

【メッセージ履歴】

『もう入っても大丈夫？』

『え、もう準備してきたの？　早くない⁉』

『そう？　私の家、すぐそこだし。二泊分の荷物なんて、すぐまとめられるよー』

『いや、それにしたって、さっき別れてから十分くらいしか経ってないんだけど……』

『んー？　なんか変？』

『……なんか、もともと用意してあったみたいな準備のよさだなって思って』

『あはは、まっさかー。考えすぎだよー。ほーれピンポンっと』

『あ、ちょ、待ってってば！　まだ掃除終わってない！』

『ぴんぽんぴんぽーん』

『やめて！　近所迷惑だから！』

『はーやーくー。さーむーいー』

【一ノ瀬茉莉花がスタンプを送信しました】

【一ノ瀬茉莉花がスタンプを送信しました】

【一ノ瀬茉莉花がスタンプを送信しました】

【一ノ瀬茉莉花がスタンプを送信しました】

『連投するな！　五分でいいから待ってて！』

【一ノ瀬茉莉花がスタンプを送信しました】

十二月七日　土曜日【青色】

「優先順位を間違えちゃいけないよ」

ちゃこちゃこと卵を混ぜる音が部屋に響いている。聞き慣れない音に、部屋の家具が驚いているように錯覚した。昨日の夜、一ノ瀬さんが来る前にあわてて片付けた家具やゴミ袋も、部屋の隅で狭苦しそうに肩を寄せ合っているように見えた。

「犯人を特定する。犯人を捕まえる。犯人を説得する。それはもちろん大切なことだよね。最終的なゴールと言ってもいい。だけどね、それが何よりも優先される、ってわけではないんだよ」

今度はじゅわっと液体が蒸発する音がして、同時に甘い、いい匂いが漂い始めた。

「一番大切なことはね、翔也君。君が死なないことなんだよ。君さえ生きていれば、私たちはいくらでも策を練ることができるんだからさ。はいできた。翔也君お皿持ってきてー」

「だからって、これから二日間ずっと僕に付きっきりになるっていうのは、やっぱりどうかと思うんだけど」

棚から平皿を取り出して、一ノ瀬さんに渡す。こんがりと焼けたフレンチトーストがその上に置かれ、さらにカリカリになったベーコンが数枚、上にのる。最後にたっぷりとハチミツがかけられて、完成。フレンチトーストとベーコンとハチミツ。甘じょっぱい味が癖になる取り合わせで、僕は密かにこれが大好物だった。彼女に伝えた覚えはないのだけれど……これまでのタイムリープで知る機会があったのかもしれないなと、勝手に納得した。

「だってそうでもしないと、翔也君、絶対どこかに行っちゃうんだもん。躾のなってないペットは、リードをつけとかないとダメなんだよ？　はい、こっちはスープ。熱いうちに召し上がれー」

今度は、空いた右手に熱々のコーンスープが入ったマグカップを手渡される。我が家の食器類は、こんなにも一度に出動した経験がないので、困惑している様子だ。

いつも食パン一枚、もしくはジュース一杯で終わる僕の朝食からすれば、あまりに豪華すぎる品々をこたつ机の上に置くと、同じメニューを持った一ノ瀬さんが正面に座った。

「はい、いただきます」

「いただきます……」

一ノ瀬さんの真似をして、塩辛いベーコンと、じゅわりと甘いフレンチトーストを一緒に口の中に放り込む。一見、相反するように思える二つの味は、口の中で喧嘩することなく、すんなりと胃の中に収まった。

おいしい。朝から栄養価の高い食べ物が体に染み入るようだ。

「それはよかった。朝から頑張って作った甲斐があったよー」

僕が起きた時には、既に一ノ瀬さんはいつもの通りばっちり化粧をして、キッチンの前に立っていた。昨日なかなか寝付けなかった僕とは対照的に、彼女の方はしっかりと眠れたようだ。

昨晩、一ノ瀬さんに押し切られる形で、こうして土曜日の朝を一緒に迎えることになったわけだけど、どうやら彼女は今晩もここに泊まるつもりらしい。

曰く。

『ここなら最悪、君がどこかに行きそうになっても、腰に抱きついて全力で引き止められるでしょ？』

それはぜひやめてほしいとお願いしたけれど、彼女の目はだいぶ本気だった。僕の話を聞く気はちっともなさそうだ。

「どうしたの翔也君？　もうお腹いっぱい？」

あまり食が進んでいない僕を見て、一ノ瀬さんが聞いた。彼女の方はといえば、もう既にお皿の上は空っぽになりかけている。いい食べっぷりだ。

「いや……。もしかしてこれって、一ノ瀬さんが言ってた『策』ってやつなのかなと思って」

どうやって犯人を止めるつもりなのか、と居酒屋で聞いた僕に、一ノ瀬さんはただ『大丈夫、策はあるよ』とだけ答えた。

結局それがなんなのか、あの場では教えてもらえなかったわけだけど。

昨晩、やけに手際よく準備をして僕の家を訪れた一ノ瀬さんの行動を見ていると、これが『策』の一つなのではないかと邪推してしまう。

そして、もし仮にそうだとすれば――

「先延ばしにしかなってない、とか思ってる?」

「……」

まさにその通りだったので、僕は口をつぐむ。

「さっきも言ったでしょ? 優先順位を間違えちゃダメだって。君が死なないこと。それが一番大切なんだから」

今の状態では、まだ犯人の特定には至れない。

だからこの土日は、犯人探しに尽力するのではなく、僕が死ぬのを回避することに専念する。確かに理にはかなっている。

「それにね、昨日の飲み会で、だいぶあの二人について知ることができたでしょ？　だから、まったくのお手上げ状態ってわけじゃないんだよ」

「どんなことが分かったの？」

一ノ瀬さんは、そうだなあとスープを口に運びつつ答えた。

「少なくともあの二人が、君に敵意を持っていることはない。むしろ、とっても好かれてるんじゃないかな？」

「そうだね。好かれてるかは分からないけど、嫌われてはないと思う」

「だけど君は殺される」

僕が切り分けたフレンチトーストの一つに、一ノ瀬さんのフォークが刺さる。

「嫌われてはないけれど、殺される。これは一見、相反しているように見えるよね」

続けて、まだ手を付けていなかったベーコンを刺した。

塩辛いベーコンと、甘いフレンチトーストが、同時に一ノ瀬さんの口の中に運ばれていく。

「ふぁんふぁえられふかのうへいはみっふ」

「食べ終わってからでいいよ」

「ん……。失礼。考えられる可能性は三つ。一つは不慮の事故による死」

「実は二人とも、僕を殺していなかったってこと？」

「うん。だけどそれはほぼあり得ない。最初に言ったよね？　過去から現在、そして未来にかけて、私たちはいろいろな選択をしているって」

例えば今日、一ノ瀬さんは朝食に、僕の好物、フレンチトーストとベーコンを用意してくれたけれど。冷蔵庫に食パンとベーコンがなければ、それはかなわなかったはずだ。

もし僕が違うものを買っていたら。

あるいは、既に食べてしまっていたら。

今、目の前に置かれている朝食は、別の物だったかもしれない。

もし昨日から今日にかけての二日間を何回も繰り返すことができたならば、朝食のメニューは、一つには収束しないだろう。

そんなＩＦは、普通であれば、観測することができないけれど。

「そして私はタイムリープを繰り返して、あらゆる事象が一つに収束しないってことを、この目で確認してきた」

この一週間を何百回と繰り返している一ノ瀬さんは、机上の空論でしか語れないはずの事象を観測し、それらを全て、記憶にとどめている。

「だから、事故なんて不確定要素の多い出来事が、何回も起こるとは思えないんだよ。君が死ぬのは、確固たる、誰かの、とっても強い意志が働いているからなんだ」

「うん、分かってる」

「君にとっては辛い事実かもしれないけど……」

「いいんだ。前も言った通り、僕はそれに関しては、あんまり驚いてないから」

寂しいこと言わないでよ、と眉をハの字にした一ノ瀬さんに、僕は曖昧に微笑んでみせた。

これぱっかりは、どうしようもない。

「それで、残る二つの可能性はなんなの？」

「うん。だから君は……きっと好意によって殺される。もしくは、理解しがたい、とてつもない狂気に晒(さら)される。その、どちらかだと思う」

「好意か、狂気か……」

「まあ、好意によって殺すっていうのは、ある意味、狂気と同じだとは思うんだけどね」

それもそうだ。

だけど彼女が言う狂気というのは、きっと、そんな生ぬるいものではなくて。

僕たちが理解できないような思考回路をもって、まったく論理的ではなく、合理的でもない考えによって、殺されるということなのだろう。

「どうやったら、回避できると思う？」

「うーん」

彼女は答える。

「まだ具体的な案はないかな」

「本当に？」

思わず食い気味に、言葉が口をついて出た。

一ノ瀬さんは聡明だ。そんなことは、付き合いが短い僕にだって分かる。

一見ちゃらんぽらんな振る舞いや言動をしているように見えるけれど、いつだって彼女は冷静に物事を把握している。何回も何回も同じ一週間(ループ)を繰り返している彼女だからこそ持てる、俯瞰(ふかん)的な視点なのかもしれない。

僕との会話、カイトさんとの会話、そして、カロンさんや才人との会話。これまでの彼女との記憶を振り返れば、それは明らかで。

だからこそ、今彼女が手をこまねいていることが信じられない。

僕ですら、いくつか案を思いついているんだ。

例えば、死ぬ日付も犯人の候補もここまで絞られているのだから、犯人から連絡があった時点で、誰かが僕を尾行すればいい。

現状では事件性は皆無と言っていいから、さすがに警察は動いてくれないかもしれないけれど、少なくとも一ノ瀬さんは僕を尾行できる。そうして、危なくなったらなんらかの形で犯人の注意を少しそらしてくれればいい。才人にせよ、カロンさんにせよ、二対一であれば、押さえ込むことも可能だろう。

こちらは二人がかりだし、なおかつ、どちらかが僕を殺そうとしてることだって分かっているのだ。なら、打つ手はいくらでもあるはず――

「――あ」

そこまで考えて、僕はあることに気付いた。

「そうか……肝心の僕が、信用ならないのか」

「……え？」

何度もループを繰り返し、その度に僕の死を見てきた彼女は、日曜日に、僕が必ず犯人のもとに行ってしまうことを知っている。幾度となく僕を助けようと、命を救いあげようとする彼女の両手の間をすり抜けるようにして。

それだけじゃない。日曜日に限らず、例えば昨晩、僕が「才人に会いに行く」と言って急に連絡が途絶えてしまったように。僕の行動は、彼女を安心させることがない。

きっと一ノ瀬さんは、僕という不確定要素の多い人間に頼ることなく、このループを一人でどうにか乗り越えようとしているのだろう。

だから、選択肢の幅も狭まる。うかつな手も打てない。

「ごめん、一ノ瀬さん。今のは忘れて」

「違うよ翔也君、私は――」

そこで一度言葉を切って、数拍置いて……やがて一ノ瀬さんは静かに首を振った。

「ごめん、私も必死なんだ」

彼女の口から出てきた言葉を、僕は甘んじて受け止めた。


朝食の後、僕たちは二人とも自由気ままに過ごした。

僕は書きかけの小説に取りかかり、一ノ瀬さんはスマホで何やら調べ物をしていた。

他人がこの部屋にいるというのは、なんとも落ち着かないだろうと思っていたのだけれど、いざこうしてそれぞれの作業を始めてみると、意外と息苦しくはなかった。

一ノ瀬さんが、別段僕に何も求めることなく、自分の調べ物に熱中してくれていたからかもしれない。

狭い空間に、自分以外の親しくない誰かといる状況を、僕は好まない。

真綿（まわた）で首を絞められているような圧迫感や、酸素の薄い高山に放り出されたような息苦しさを感じるからだ。だけど、彼女にはなぜか、昔から何度もこうして一緒に過ごしているような懐かしさを覚えた。

もしかしたら、何度もタイムリープしている彼女と、違う世界で出会った僕との記憶が、何か、形容しがたい不思議な力でもって、今の僕に影響を与えているのではないか。そんなことを夢想してしまうくらいに。

「あー、やっぱりそうだ」

二時間ぶりくらいの彼女の声に、僕はキーボードに走らせていた指を止めた。

「どうしたの？」

「才人君の名刺にさ、三木谷って書いてあるでしょ？」

手に持っている名刺は、昨日の飲み会で才人から手渡されたものだった。確かにそこには、三木谷才人・フリーデザイナーと書かれてある。

「うん、そうだね」

「ちょっと親近感のある苗字だから眺めてたんだけど」

いや、どこがだよ……。一ノ瀬と三木谷なんて、全然似てないし。

「なんか聞いたことあるなーと思って、色々調べてたら、ほらこれ」

一ノ瀬さんが見せてくれたのは、とあるサイトのホームページだった。シックな色調でまとめられた、スタイリッシュなページをスクロールしていくと——

「株式会社 Delight、代表取締役、三木谷海人……」

ローマ字の方を見る限り、海の人、と書いて、「あま」でも「うみんちゅ」でもなく、「かいと」と読むようだった。かいと……かいと、ね……カイト……。

「カイトさん……？」

「そう。バッティングセンターで会った、あの人。ほら、顔写真もそっくり」

会社概要のページには、経営理念などがつらつらと書かれており、その横には、人のよさそうな笑みを浮かべた男性が映っていた。カイトさんその人で間違いなさそうだ。

財布から名刺を取り出すと、確かにそこには「三木谷海人」と書かれていた。

あの時は特に確かめもしなかったから、全然気付かなかったな。

「兄弟、なんだよね？　ちょっと珍しい苗字だし、名前も似てるし。それに――」

「こうして改めて見てみると、ちょっと顔も似てるな」

「うん」

苗字の一致という情報がなければ、他人の空似（そらに）と言ってしまっていただろう。事実、僕だって、今の今まで全く気付かなかった。双子ならまだしも、年の離れた兄弟となると、街で偶然出会ったくらいじゃ分からないものだ。

偶然。

偶然。

……偶然、なのか？

「どう思う、翔也君？」

そもそも、才人に兄弟がいたなんて話、聞いたことがあっただろうか。……あった気もするが、記憶には残っていない。

カロンさんに、一ノ瀬さんのことを従妹と説明した時にも言ったように、兄弟姉妹親族その他もろもろの家族関係なんて、頻繁(ひんぱん)に話題には上がらない。センシティブな内容を含んでいるかもしれないし、あまり広がりのある話でもないだろう。

だから別に、才人に兄が居たことを僕が知らなかったとしても不思議ではない。

その兄が、この辺りで働いていて、駅前のバッティングセンターで気晴らしをしていたとしても。

僕たちがたまたまそこで鉢合(はちあ)わせて、仲良くなったのだとしても、おかしくはないのだ。

だけど、もしかしたら――

「翔也君？」

「……分からない。でも多分、偶然なんじゃないかな」

「そっかー。もう何度もループしてるけど、バッティングセンターで話しかけられたのは初めてだったから、ちょっと気になってさ。もし何か気付いたことがあったら、教えて?」

「うん」

僕もパソコンでカイトさんのページを調べてみる。

定期的にコンペを開き、作品を募集しているようで、近況一覧のページは頻繁に更新されていた。バッティングセンターで話していた仕事のことも書かれており、結果発表のところには「テーマ冬のみ当選者なし」と記載されていた。

「あ! これ!」

今度はなんだと振り返ろうとした瞬間、一ノ瀬さんの髪が僕の頬を撫でた。思わず大きくのけぞるが、彼女はそんなことには気付かず、開いたパソコンの一部を指さした。

「ブクマしてくれてるの?」

「……あー、それか」

彼女が指さしたのは、カイトさんの会社のホームページではなく、ネットのタブ。一ノ瀬さんがよく見ていると言っていた、動画サイトだった。「動画で見る、珍生物大全集!」というタイトルで、動物から植物まで、さまざまな生物を対象に、ちょっと変わった行動や生態について紹介していた。

「一ノ瀬さんが色々メッセで教えてくれるから気になって、つい」

「えー、嬉しい！　ありがとー！」

なんで一ノ瀬さんがお礼を言うのかはいまいち分からなかったけれど、趣味を共有できたみたいで嬉しかったのかもしれないと、勝手に納得した。

「面白いよね、このサイトに上がってる動画！」

「そうだね。更新頻度も高いし、毎日見てるよ」

「あはは！　私と一緒だ！　ネットって色んなコンテンツが転がってるからいいよねー、飽きなくて」

もしかしたら彼女は、前回までのループではこのサイトを見てはいなかったのかもしれない。ループのたびに、新しい何かを求めて、さまよって、繰り返される日々に少しでも刺激を与えようとしていたのかもしれない。

……なんていうのは、考えすぎだろうか。

だけど、彼女が毎日決まった番組しか流さないテレビではなく、ネット上の動画を好んで見ているのは、なんとなく分かる気がした。

「あ、今日の動画、もう更新されてるよ！　一緒に見よ！」

僕の手からマウスを奪って、動画の再生ボタンをクリックする。

今日は陸地を移動することができる、キノボリウオ、という魚の話だった。

キノボリウオはラビリンス器官と呼ばれる特殊な呼吸器を持っているために、地上で六日間も生息できるそうだ。ただし実際は、名前のように木には登れず、地面の上を這って進むことしかできない。

最初にこの魚に名前を付けた人は、何をもってしてキノボリなんて名前を付けたのだろうか。不相応な名前をもらって、こいつも迷惑しているのではないだろうか。

「はー、今日のも面白かったねー」

「そうだね。魚の特集って、これまであんまりなかったし、新鮮だったかも」

「あはは。翔也君、過去の動画も全部見たんだ」

「一ノ瀬さんに教えてもらってばっかりなのも、悪いからね」

「何それ変な理由ー。……だけどそうか、魚かー」

最後の方は独り言みたいになって、一ノ瀬さんは何やら考え出した。

彼女との付き合いも六日目になり、僕もようやく、一ノ瀬さんについて少しずつ理解し始めた。

例えば、こうやって独り言をつぶやいて考え事をした後は、決まって何かを提案される。

そしてそれは、彼女の中では既に決定事項になっていて、有無を言わさず付き合わされてしまう。

それなりの心の準備をして、僕は彼女の次の言葉を待った。

「よし、翔也君」

ほらきた。

「明日は私と、水族館デートしよっか！」

【メッセージ履歴】

『明日の水族館楽しみー！』

『なんで隣にいるのにメッセ送ってくるの？』

『え……？　まさか翔也君、こたつでアイスクリーム食べたり、エアコンがガンガンに効いた部屋でお鍋食べたり、したことない？』

『あるけど、なんの話？』

『よかったー！　つまり、それと一緒ってこと！』

『ええ……全然分かんない……』

『まったくもう、情緒(じょうちょ)がないなあ、翔也君は』

『情緒関係ある？　これ』

『あるある……ってそれ！　私が買ったプリンじゃん！　ちょっと、なんで勝手に開けてるの⁉』

十二月八日　日曜日【青色】

突然だけど、『例えば今日が地球最後の日だったら、何をしたい？』なんて使い古された言葉について考えさせてほしい。

溜め込んだ資産を全部放出して、最高の贅沢を享受したいだとか、他人のバイクを盗んで行けるところまで走り続けてみたいだとか、大切な人と一緒にいられればそれでいい、だとか。

こういった答えを聞くたびに僕は、死ぬ間際になってまで、そんなにも多くのやり残したことがあるのかと驚いてしまう。

例えば今日が地球最後の日だったら、何をしたい？

僕の答えはこうだ。

「別段何もしたくない」

何かをしなくちゃいけない気持ちになる質問に、あえて逆らうような天邪鬼さを見せているわけではもちろんなくて。

ただ単に、やりたいことが思いつかない。

そこまでの熱量を、僕は持ち合わせていない。

――なんて。これもまた、どこかで聞いたことがあるような、誰かが言ったことがありそうな、借り物の台詞だけど。

さて、少し話がそれてしまったが、僕は今日死ぬらしい。

今日という日が、僕の命日であるらしい。

『例えば今日が地球最後の日だったら、何をしたい？』

まさに、この質問に近い状況に立たされていると言ってもいい。

なのに、そんな日に僕は。

地球最後の日に、特に何もせず、普段通り過ごすであろう僕は。

「お待たせ、翔也君！　チケット買えたよ！　さ、中入ろっか！」

一ノ瀬さんとデートをする。

眼前にそびえ立つ巨大な水族館は、クリスマス仕様できらびやかに装飾されていて、きっと夜になれば目に痛いくらいに輝くのだろうと、そんなことを思った。

「見て！　ラッコ！　ラッコがいるよ！」

ラッコって、お気に入りの貝を割るために石を入れるポケットみたいなのがついてるんだって！　見えるかな！

と、はしゃぎながら水槽にぴったりとくっついた一ノ瀬さんを後ろから眺める。

シンプルなカーキ色のロングスカートに、白いニット。黒いカーディガンを羽織って、頭にはベレー帽をかぶっている。もちろんいつも通り化粧もばっちりだ。

「うーん、見えないなあ……。まあコアラの袋もカンガルーの袋も、傍目には全然分かんないもんなあ。あ、ちなみにその二つは有袋類で、ラッコの袋とは進化学的に全然発生の仕方が違うから注意ね」

「丁寧な説明をどうも……」

「翔也君は、どんな海の生き物が好きなの？　私はねー、ラッコが好き！　あとアザラシ！　シャチ！　オットセイ！　ペンギン！　えーと、あとはー……」

「たくさんあるんだね」

「全部可愛いからね」

で、翔也君は？　と問われ、僕も答える。

「ラッコ、好きだよ」

「へー、意外！　可愛いもんね」

「可愛いというか……唯一無二な感じが好きかな」

背泳ぎしながらお気に入りの石を使って、貝を割って食べる。

見た目のフォルムも、行動も、何もかもがユニークで、周囲と自分は違うんだ、と主張している。普通に潜って水中で食べるのではなく、わざわざ道具を使っているあたりに、そこはかとない人臭さみたいなものを感じて、親近感もある。

そんな部分に、ちょっと惹かれるのだ。と、説明すると、一ノ瀬さんはからっと笑いながら端的に言った。

「翔也君、モテないでしょ」

「表情と言葉の中身を一致させてくれない？　違和感で圧死しそう」

「普通の女の子とデートする時はね、『ラッコ可愛いーー！』『イルカ飛んだーー！』『ジンベイザメ大きいーー！』みたいな感想でいいんだよ。変に理屈をつけたりすると、面倒くさいやつだって思われるよ？」

「つまり一ノ瀬さんは普通じゃないから、今の感想で問題ないってこと？」

「その通り！」

随分と回りくどい言い方をする。

「一ノ瀬さんは変わってるけど、モテそうだよね」

「え、そう?」

「うん。だってほら、いつも陽気で明るいし」

「こういう性格になったのは、割と最近なんだけどなー」

「ご飯おいしそうに食べるし」

「む、食い意地が張ってるって言いたいの?」

「それに、いつも気を抜いてないから」

前から感じていた疑問を投げかけてみる。

彼女と出会ってからこの数日間、化粧をおろそかにしているところも、服装に手を抜いた場面も、一度も見たことがなかった。

今日だって、ただ僕と出かけるだけなのに、化粧も服装もばっちり決まっている。

もちろんそれは、通常の生活では普通のことだ。

だけど彼女は、ループしている。

たとえそのループで気を抜いた服装をしたとしても、すっぴんで外に出て、人に会ったとしても、彼女の印象はリセットされるはずなのだ。

どれだけちゃんとしていようと。

どれだけおかしな恰好をしていようと。

どれだけ奇怪な行動をとろうとも。

彼女が与えた影響は、次のループに反映されない。誰も彼女の一週間の頑張りを覚えてはいない。

それでも、一ノ瀬さんは手を抜かない。

どうしてそんなに頑張れるのかと、不思議に思うほどに。

端的に、だけど意味を端折らず彼女にそう伝えると、

「あんまり考えたことなかったけど、多分理由は二つかな。一つは、私はいつだって、そのループで最後にしようって思ってるから。当然だけどね。そしてもう一つは――」

きゅっと、一ノ瀬さんが撫でたアクリルガラスの表面が鳴った。

「もしそのループで終わりじゃなかったとしても、手を抜いて他人と会うのは、その世界の人たちに失礼だから」

「失礼……？」

「うん。だってさ、私にとっては何周目かも分からない世界だけど、私と出会う人たちにとっては、ただ一つの世界なわけでしょ？　だったら、真摯に向き合わないといけないよね。誠実じゃ、ないよね」

「……」

僕はふと、どこかの雑誌で読んだ、学校の先生のインタビュー記事を思い出した。

私にとっては何回目か分からない三年生の担当ですが、彼らにとっては一回きりの三年生なのです。だから、全力で取り組みたいと思います。

あれと似たような感覚なのだろうか。

だけど、それにしたってメンタルがタフすぎるだろう。

何度も何度も同じ一週間を繰り返してなお、他人のことにまで気を配れるなんて。

「やっぱり一ノ瀬さんは……普通じゃないね」

「ふふ。普通だねって言われるよりは、誉め言葉だなあ」

軽快な音が鳴りそうなスキップを一つ踏んで、一ノ瀬さんはまたゆっくりと順路を歩き始めた。

しばらく進むと、大きな水槽の前に出た。視野いっぱいに広がった水槽の中に、たくさんの魚が泳いでいる。

きっと、ここでなければ出会わなかったであろう多種多様な魚たちは、仲良く共存しているようにも、よそよそしくすみ分けているようにも見えた。

そんなことを考えている僕の横で、

「すっごく大きな水槽！ みんなのびのび泳いで楽しそうだね」

無邪気にささやいた彼女に、少し、反論したくなった。

もしかしたら僕は、自分で思っているよりも天邪鬼なのかもしれない。

「どうだろう。外の世界はもっと広いのに、こんな狭いところで一生泳ぎ回らなくちゃいけないのは、不憫じゃないかな」

これもまた、使い古された誰かの言葉、ひどくありがちな反論だけど。

彼らは本来、もっと広い場所で泳ぐべき魚で、そういう場所に適したフォルムに進化しているはずだ。

だとすれば、外の世界を知らずに、あるいは順応して、ただこの狭い水槽だけがこの世の全てだと思っている彼らは、やはり少し、不幸なのではないだろうか。

先人の言葉を借りながら口にした、そんなひねくれた僕の反論に、一ノ瀬さんは一も二もなく答える。

「幸せだと思うよ」

迷いのない声音だった。

「確かに私たちは、たくさんの世界を知ってるね。もっと広い海があることも、もっともっとたくさんの種類の魚がいることも……今よりもずっと素敵な幸せの形があることも、確かに知ってる。だけどそれは──」

彼女は言う。

「みんながみんな、そうならなければいけないってことじゃ、ないよね」

「……」

「井の中の蛙だっていいんだよ。視野が狭くたっていいんだよ。ただ、目の届く距離にある、手の届く範囲にある幸せを、全てだって思う。それは決して、悪いことじゃない」

だからこの子達は、幸せなんだよ。

そう言って一ノ瀬さんは、巨大な水槽を見上げた。

つられるように僕の目線も上を向いて、アクリルガラスで仕切られた小さな世界が視界に入る。

天井から降り注ぐ淡い光をウロコに反射させながら、群れで泳ぐ魚たち。

群れず、一匹だけで悠々自適に泳ぐ、大きな魚。

時にそれらが交わるさまは、確かに仲良く歓談しているようにも見えて。

もしかしたら彼らは幸せなのかもしれないと、そんな風にも思えた。

「一ノ瀬さんはさ」

だから、僕は言う。

「やっぱりモテないかもしれないね」

「え？　感想それ？　いま私、結構いいこと言ったよね？　いいこと言ったよね⁉」

水槽の中で泳ぐ魚は、幸せじゃないかもしれない。

そんなことをデート中に言われたら、普通呆れて何も言い返さないだろう。嫌な顔して、どこかへとっとと歩き去ってしまうかもしれない。

だけど彼女は、自分自身の言葉で、僕みたいなひねくれ者を納得させてしまうから。

きっと、モテないだろうと思った。

「こら、ぼーっとしてないで何か発言しろ撤回しろー！　一ノ瀬さんは可愛くておしとやかで大和（やまと）なでしこを地でいく素敵な女の子ですって言い直せー！」

「あははっ、冗談だよ、冗談。そんな怒らないでよ」

少なくとも「おしとやかと大和なでしこ」は絶対に当てはまらないだろうと思ったけど、口に出すのはやめておいた。僕だって、小さじ一杯分くらいのデリカシーは持ち合わせている。

「……おぉ」

「どうしたの？」

「今、笑ったよね」

「え？」

がしっと腕をつかまれて、僕は思わず一歩退く。

「私、翔也君が声出して笑うの、初めて見た！」

「い、いやいや」

そんなわけないだろう。僕だって人の子だ。人並みに声を出して笑うことくらい――

「違うの！　翔也君の笑い方って、『……ふっ』て感じの、鼻から空気が抜けるみたいな、ちょっと斜に構えた感じの笑い方なんだよ！」

「それは――」

「記憶力抜群の私が言うんだから、間違いないの！」

「……」

否定、しきれない。

斜に構えているかどうかは別として、確かに声を出して笑うことなんて、社会人になってから……いや、上京してから、ほとんどなかったように思う。

「ね、ね！　もっかい笑って！」

「わ、笑ってって言われて、笑えるやつはいないだろ……」

「けち！　さっきは不意打ちだったから、しっかり見られなかったんだもん！」

「超記憶能力があるなら、一回見れば十分なんじゃないの？」

「目の前で生放送してるのに、わざわざ録画で見るやつがいるかぁ！」

「どういう例えだよ！」

結局、僕は笑わなかった。というか、求められて笑顔を作るなんて難易度の高いこと、できるはずもない。俳優や芸能人じゃないんだから。

やがて、ひとしきり騒いで満足したのか、「ま、楽しみはあとに取っておこうかな」と不穏な言葉を残して一ノ瀬さんはお手洗いに行った。好き勝手に荒らすだけ荒らして、そのくせ引き際はやけにあっさりしていて、やっぱり彼女は、嵐みたいな人だ。

休日の水族館の女子トイレはさぞかし混んでいるだろうし、僕はゆっくり待つつもりで、館内に設置されたベンチに腰かけた。

水族館の中には時計がない。スマホを取り出し、電源を入れる。

ゆったりのんびり泳ぐ魚に惑わされていたようで、思っていたよりも時間が過ぎていて驚いた。

十六時二分。夕暮れ時。そろそろ日が落ちる頃合いだ。

ふと思うところがあって、最近は毎日開いているメッセージアプリを立ち上げた。

ここ数日でずいぶんと増えた一ノ瀬さんとのやり取りを、初日から順に、さかのぼっていく。

「……はは。やっぱり」

自分では気付かなかったけれど。

徐々に、だけど確実に、僕と一ノ瀬さんとのやり取りには彩りが加わっていた。モノトーンから少しずつ、グラデーション豊かに。人は連続的な環境の変化に気が付きにくいというのが通説だけど、これも似たようなものなのだろうか。

ずっと、疑問に思っていた。

前回のループで、どうして僕は一ノ瀬さんに小説のことを話したのかと。どうしてそこまで、心を開けたのだろうかと。それも今となっては、少し分かる気がする。

ループを繰り返す中で、何度も、根気強く、僕とコミュニケーションを取り続けた彼女の努力は、しっかりと実を結んでいるのだ。

小説のことを口にしたように。

さっき僕が、声を出して笑ったみたいに。

このメッセージアプリに残っている、会話履歴と同じように。

彼女は僕を変えている。徐々に、だけど確実に。

なら、今回の僕にできることは――

「――っ」

ちょうど、そこまで考えた瞬間、

スマホが震えた。

メッセではない。着信の合図。

ポケットに入れかけたスマホを再度取り出し、画面を確認する。

見知った名前だ。

通話ボタンを押して返事をしながら、僕はベンチに深く腰かけて、目の前に広がる巨大な水槽を眺めた。

一ノ瀬さんに教えてもらった動画サイトの影響か、名前が分かる魚が多かった。

「魚」というジャンルでまとまっていたものが、僕の頭の中で細分化され、カテゴライズされ、タグ付けされて、小さな箱の中にすっぽりと収まっていく。

こうなってくると、今度は未だ名前も知らない魚のことが気になってしまう。

知る、ということは、知識を得ること以上に、分からないものへの興味を掻き立てて、これまでになかった自分の姿を浮き彫りにする。

そんな当たり前のことに、今まで気付いていなかった。

通話を終えて十分くらい経つと、一ノ瀬さんが駆け足で帰ってきた。

「お待たせー！　ごめんね遅くなって！　ちょー混んでたの！　ほんと、テーマパークのアトラクションかってくらいに！」

「いいよ、気にしなくて」

「なんか変わったことあった？」

そうして、小首を傾げて問う一ノ瀬さんに、

「いや、特に何もなかったよ」

だけど僕は笑顔で答えた。

水族館を出ると、すっかりあたりは暗くなっていて、思った通りイルミネーションがちかちかと光を放っていた。

また、雪が降り始めた。今年はやけに雪の日が多い。寒さに身をこわばらせながら、一ノ瀬さんにもらったマフラーに顔を深くうずめる。直後、右腕のあたりが妙に温かくなった。

「翔也君」

「ど、どうしたの、一ノ瀬さん」

見れば、一ノ瀬さんが僕の二の腕に抱きついていた。

傍から見れば、完全にカップルのそれだ。

数秒間、思考が完全に固まってしまったけれど、だけど冷静に考えられるようになって、彼女の行動がそんな色気付いたものではないということを、僕は理解した。

「翔也君……翔也君、翔也君翔也君……！」

「うん」

「生きてるね……」

「生きてるよ」

「翔也君、生きてるね……っ！」

きっと。

この時間まで僕が生きているのは、初めてのことなのだろう。

きつく抱きしめられた二の腕に感じる圧迫感と、コート越しに鈍く感じる柔らかさと、確かに伝わる温もりが、それを暗示していた。

「ほんとによかった……ほんとに、ほんとによかった……！」

「まだ、終わってないよ？」

僕を殺そうとしている犯人の正体も、その動機も、殺害方法も。

何もかもがブラックボックスの中に詰め込まれていて。

今はただ、僕が生き延びただけ。

ただ命日を回避しただけだ。

だけど一ノ瀬さんは、

「いいんだよ。それでも、いいんだよ……！」

そうやって、今ある幸せを全力で享受しようと無防備に抱きついてくるから。

僕はただ何も言わず、ゆっくりと彼女の歩調に合わせて、ちらつく雪の中を歩いた。

「……ねえ、やっぱり歩きにくいから離れてくれない？」

「やだ！　もう今日は放さない！」

「ええ……寝る時とかどうするんだよ……」

何も解決していない。

進捗といえば、僕の死ぬ日が延びただけ。

それでも彼女は、後ろを振り向かない。

前だけを見据えて、明るく、ひたむきに、このループを抜け出すために歩き続ける。

彼女はこれからどんな方針をとるのだろうか。

どうやって犯人を絞り込むのだろうか。

僕は一ノ瀬さんの今後を楽しみにしながら、その日、彼女と共に眠りに落ちた。

次の日、いつもの時間に目を覚ますと、既に一ノ瀬さんの姿はなかった。

朝が早い職場で働いているんだな、と思い、その時は気にもしなかった。

だけどその日から——彼女との連絡は、一切取れなくなった。

【メッセージ履歴と手帳の記録】

十二月九日　月曜日　【黄色】

『お疲れ。今日はどこで会う？』

十二月十日　火曜日　【オレンジ色】

『これからどうやって犯人見つける？』

十二月十一日　水曜日　【オレンジ色】

『……おーい？』

十二月十二日　木曜日　【赤色】

『一ノ瀬さん？』

第二幕

ブランク・タイム

大丈夫、きっと上手くいく。何度自分に言い聞かせても、体の震えが止まらない。

十二月十三日　金曜日【赤色】

「桐谷君。提出してくれてたこの企画書なんだけどさー」

「またやり直しですか」

「う、うん……。えーっとどこが悪いってわけじゃないんだけど」

「やり直します、いつまでですか？」

「今週末までにやってくれると助かるなあ、なんて……」

「分かりました。それまでに仕上げます」

企画書のファイルを開きながら、経理担当に電話をかける。

丸投げされていた請求書の件は先ほど片が付いた。企画書を直す時間は十分に捻出できる。

「き、桐谷君。今週入ってからちょっとピリピリしてない？　大丈夫？　ちょっと休む？

ほら、有給とかまだ残って——」

「課長」

電話のコール音はまだ鳴っている。

「僕は大丈夫です。今から電話かけるので、すみませんが」

「あ、ごめんごめん。じゃあ、よろしくね？」

課長が去ったのと同時に、電話がつながった。

ああ、もしもし。企画開発部の桐谷です。お世話になっております。先週お伺いしていた件ですが――


一ノ瀬さんと連絡がつかなくなって、四日が過ぎた。

あまりにも唐突なことで、最初は理解が追いつかず――いや、今でも何が起こっているのか、完全には把握しきれていないが……。とにかく、彼女のいない日常がやってきた。

正確には、彼女がいなかった日常が戻ってきたというのが正しいのだけれど、そう言い切るには、一ノ瀬さんが残した僕への影響はあまりにも大きくて。どうすればいいか分からずに、ただ毎日を生きている。色々と考えてはみたものの、なぜ急に彼女との連絡がつかなくなったのか、まだ答えは見つからなかった。

何かの事故や、事件に巻き込まれたのではないかという不安も、脳裏をよぎる。

彼女が何も言わずに僕の部屋から姿を消したことも気になっていた。なんの書置きもメッセージもないなんてことは、これまでの彼女からは考えにくい行動だった。

僕は彼女の連絡先を、いつものメッセージアプリのものしか知らない。

住所も、電話番号も、教えてもらってはいなかった。

実は昨日、試しに「ピエラ総合病院」にも足を運んでいた。飲み会の時に、彼女がカロンさんに言っていた内容を思い出したのだ。

しかし……結果は空振りに終わった。「一ノ瀬茉莉花」という人物は、受付で働いてはいなかった。軽く中も覗いてみたが、彼女らしき人物の姿は見当たらなかった。もちろん、メッセージアプリには通話機能がついている。受話器のマークをしたボタンをタップするだけで、一ノ瀬さんに電話をかけることはできる。

だけど——そのボタンを押す勇気が、僕にはまだなかった。もしこれを押して、一ノ瀬さんが出てくれなかったら、全ての希望が断たれる気がしたから。

この四日間、僕の身に危険が及ぶことはなかった。

死ぬ兆候もなかった。

一ノ瀬さんが消えたという一点を除いて、極めて平凡な日常が、だらだらと僕の足下を流れていった。

不思議と、仕事だけははかどった。

もやもやとした思いの吐け口が、そのまま仕事の消化に向かったらしい。

「翔也君」

後ろから声がかかった。振り返ると、カロンさんが立っていた。

「ちょっと休憩しない？」

「いえ、まだ仕事が片付いてないので……」

そもそも、タバコは家に置いてきてしまっていた。

一ノ瀬さんと一緒にいる間タバコは吸っていなかったので、すっかり携帯する癖が抜けていた。

「……ねえ、今週入ってから、ちょっと様子がおかしいよ？」

「はは、先週までよっぽどさぼってたんですね、僕。すみません」

「茉莉花ちゃんと何かあった？」

相変わらず鋭いな……。

だけど、一ノ瀬さんは日曜日に実家に帰ったことになっている。僕ははぐらかす。

「なんでそこであいつの名前が出てくるんですか？」

「だって、茉莉花ちゃんもちょっと変な感じだったからさー。関係あるのかな、と思って」

「え？」

「昨日、メッセのやりとりしたんだけど――きゃっ」

気付けば僕の右手に、カロンさんのほっそりとした手首が握られていた。

あわてて謝りながら手を放して、続ける。

「あいつから、メッセきたんですか？　昨日？」

「……やっぱり茉莉花ちゃんに関係あるんじゃん」

「何、話したんですか？」

「聞いてないし……。別に大したことじゃないよ。無事に帰れた？　って聞いたら、飲み会の件でお礼を言われただけ」

昨日なら、僕もメッセージを送っている。だけど返事はこなかった。

意図的に避けられているのか……？

事故や事件に巻き込まれていなかったことに一つ安堵したけれど、それはそれとして依然、原因は分からない。

何か、気に障ることをしただろうか。

いや……そんな素振り(そぶ)りは見せていなかった。仮に僕が気付いていなかったのだとしても、一ノ瀬さんが黙って消えるとは思えない。彼女は、ちゃんと面と向かって文句を言ってくれる人だ。

それに何より――僕は、彼女がタイムリープから抜け出すための重要な鍵のはずだ。

鬼門であった十二月八日を乗り越えた大切な時期に連絡が取れなくなるなんて、やはりおかしい気がする。一ノ瀬さんらしくない。

「変な感じだったっていうのは？」

とにかく今は、昨日連絡を取ったという、カロンさんだけが頼りだ。

どんな些細なことでもいい。少しでも情報が欲しかった。

前のめりに重ねた僕の質問に、しかしカロンさんは答えてはくれなかった。

「一緒に休憩してくれたら、教えてあげる」

そんな悠長なことをしている場合じゃない。

膝の上で握りしめたこぶしに、知らず知らずのうちに力がこもる。

「今、教えてください」

「だーめ。あんまりがっつく子は嫌いだよ？」

「そうやってはぐらかそうとする人も、僕は嫌いです」

しまった、と思った時には、既に口から言葉が飛び出していた。

僕はあわてて謝罪する。

「すみません、つい……」

「……いいよ、気にしてないから」

大人な対応に頭が下がった。

思えば、僕の口から彼女に対して、冗談であったとしても「嫌い」と言うのは、初めてのことだったかもしれない。

「というか、私もちょっと意地が悪かったね、ごめん」

「いえ、そんな……」

「私が変だと思ったのはね」

首をすくめながら、カロンさんは言う。

「また今度会おうね、って送ったの。来年度からこっち来るなら、また一緒に飲めるかなと思って。そしたら――」

「会えるといいんですけど、って。そう返ってきたの」

「どういう……意味ですか？」

「さあ？　私も深くは聞けなかったし。むしろ、翔也君の方から教えてもらいたいくらいだよ。何かあったの？　喧嘩でもした？」

状況を、整理しよう。

一ノ瀬さんは無事で、カロンさんと連絡を取り合っていた。

おそらく、この街のどこかにいるのだろう。

にもかかわらず、僕とは連絡を取らず、僕の前に姿も現さない。

そして何より、カロンさんへの返信。

『会えるといいんですけど』

この言葉の意味するところは……。

「おーい、翔也君？　聞いてる？」

「……ええ。すみません、実はちょっと喧嘩しちゃって。下らないことなんですけど。お互い、引っ込みがつかなくなっちゃって」

「やっぱりそうかー。ダメだよー、来年から近くに住むんだから、仲良くしなきゃ。早めに仲直りしなよ？」

「はい、ありがとうございます。ご心配おかけしました」

ひとまずこの場は、そんな嘘をついて乗り切って、自分の仕事に戻るふりをした。

パソコンに向かいながら、考え続ける。

今の一ノ瀬さんにとって、もう会えないかもしれない状況というのは、どういうものなのだろうか。そして、それをわざわざカロンさんに言う意味とは、なんなのだろうか？

僕の頭の中は、カロンさんに送られたという、一ノ瀬さんのメッセージのことでいっぱいで。

その時のカロンさんがどんな表情をしていたのか、どんな目で僕を見ていたのか。

そこまで気が回っていなかった。

会社からの帰り道、再び僕はカロンさんに呼び止められた。

「どうしたんですか？」

彼女の家は、僕の帰路とは逆方向だ。

歓楽街もこちら側にはないし、わざわざ足を運ぶ用事はないはずだ。

「あのさ、今日君の家に泊まりに行ってもいいかな？」

「え？」

僕がカロンさんの家に行ったことは何度もあるが、逆に彼女が僕の家に来たことは一度しかなかった。

『人の家に上がるより、上がってもらった方が気が楽だから』というのが、カロンさんの言い分だったはずだ。

「どうして急に？」

「んー。そういう気分になったから、かな」

とっぷりと暮れた夜の街に、ネオンの明かりが灯っていく。

傍の車道を車が通り過ぎるたび、僕らはヘッドライトに照らされて、陰影を濃く作り出していく。

「明日休みだし、二人で映画とか見ようよ。駅前の店でDVD借りてさ。私、あれ見たいの。最近DVDになった、空飛ぶゴリラの話。えーっと確か名前は……」

「ゴリアテゴリラの優雅な空旅、ですか？」

「そうそう、それそれ！　上映中は忙しくて行けなかったからさー、レンタルできるようになるの楽しみにしてたんだよね。翔也君の家ってテレビある？　折角だし、パソコンじゃなくて大きな画面で見られたら最高だよね。あ、もちろんパソコンでもいいよ！　小さな画面を二人でくっついて見ることになるし……ふふ、それはそれで、ありだよね」

「……あの、カロンさん」

「あ、あとお酒も買っていこうよ。おつまみ、何か簡単なものだったら私作るし。揚げ物系はちょっと面倒くさいからお惣菜コーナーで買いたいなあ。あ、カプレーゼとかどう？　トマトとか切って、モッツァレラチーズにのせるだけだし。あ、それって料理じゃない、とか思ったでしょ？　いいじゃん、おいしいんだから。疲れてるし、早くお腹に何か入れたいでしょ？　チーズかー、ワインに合うよね。ビールの次はワインかなあ。そういえば、翔也君の家ってお酒置いてあるの？」

「カロンさん」

「あ、あのさ。泊まることになると思うんだけど、急なことだし服、持ってきてないんだよね。歯ブラシとか、その……下着とかはコンビニで買えるけど、パジャマは無理じゃない？　貸してもらえたり、するかな……？　あはは、さすがに冬だし、下着だけで寝るのはちょっと寒いかなって。もちろん君が――」

「カロンさん！」

　三度目の呼びかけで、ようやくカロンさんは口を閉じた。そのままばつの悪そうな表情を浮かべて、視線を落とす。

　普段のカロンさんは、ゆっくり丁寧に、一つ一つの言葉を咀嚼（そしゃく）できるように優雅に喋る。心の余裕から無意識にそうしているのか、はたまた、会話相手にとってそれが心地よいと知っているからなのか、どちらかは分からない。

少なくとも、こんなに早口に、大量に、余裕なく喋るカロンさんは見たことがなかった。

「どうしたんですか、そんなにあわてて。らしくないですよ」

「そ、そうかな？　私、結構せっかちだよ？」

「はぐらかさないでください。今日は帰って、一人でゆっくりした方がいいんじゃないですか？」

「……いやだよ」

依然、カロンさんは余裕なく言う。

「私も連れてってよ、翔也君」

「……」

「ねえ……。あのさ、私ね――」

「僕たちは」

続く言葉を聞きたくなかったので、僕はカロンさんの言葉を遮った。

「ドライな関係、なんですよね？」

「――……。……うん、そうだよ」

たっぷり間をおいて、カロンさんは答えた。

そうですか、と僕は笑顔を作った。ちゃんと笑えていたかどうか、あまり自信はない。

「じゃあ、今日はやめておきましょう」

「……そうだね。あはは、なんかごめんね。私、ちょっと疲れてるのかも」

「今週もハードでしたしね。週末はゆっくりしてください」

何を期待しているのだろうか。

彼女から、僕が求める言葉は出てくるはずもないのに。

再び、帰路について歩き出す。

後ろから声が聞こえる。

「君もなの？」

聞こえなかったふりをして、僕はそのまま歩き続けた。

ただ、消えた一ノ瀬さんのことだけを考えて。

十二月十四日　土曜日【青色】

翌日、僕はなんとなく、ふらりと引かれるように、駅前のバッティングセンターに顔を出した。

休日に一人で外に出るのは久しぶりだった。普段は、平日の疲れから動くことすら億劫(おっくう)で、ベッドの上に転がりながら、スマホで動画を見たり、まどろんだりを繰り返しているうちに、時間が過ぎていく。

そんな僕が、こうして日が高く昇っている時間帯から外出しているのは、もしかしたら一ノ瀬さんがいるかもしれないと、淡い期待を抱いたからだった。

だけど当然ながら、そんなにうまい話があるわけもなく。

一ノ瀬さんはいなかった。

メッセージを毎日送ってみたり、勤め先に顔を出したり、彼女がいた場所を訪れたり……なんかストーカーみたいだな。

彼女のことをストーカーだと揶揄（やゆ）したのが、遠い昔のことのように感じられた。

あの時はまさか、こんなに彼女を捜し回ることになるなんて、想像だにしていなかった。

ふと視線を上げると、見知った顔がバッターボックスから顔を出した。

「やあ、桐谷君。また会ったね」

三木谷海人。才人の兄だ。

今日も変わらず、さわやかな笑顔で、額から汗を流している。

「おや、今日は彼女さんと一緒じゃないのかい？」

「ええ。僕一人です」

「そうか。まあ、いつもいつも一緒に行動してるわけないよな。二人ともいい大人だし」

快活に笑うカイトさんに合わせて、僕も適当に笑った。

先週に限っては、ほぼほぼ毎日一緒にいたけれど、それをわざわざ説明する必要はない。

「打っていくのかい？」

「いえ、今日は帰ります」

一ノ瀬さんがいないなら、ここに用はなかった。

そもそも僕は、バッティングセンターに来る趣味なんてない。

「まあ待て待て。折角会ったんだ、少し話をしていかないか？」

先週、三人で座って話していた休憩スペースを指さして、カイトさんが言った。回りくどいことに付き合う気分ではなかった。だけど——このままずるずると結論を先延ばしにするのも面倒くさいので、僕は端的に本題を切り出した。

「才人の説得には失敗したんですか？」

初めて、カイトさんの滑らかな喋りが途切れた。

「さすがに気付かれてしまったか」

「最初に気付いたのは、彼女の方ですけど」

「流石（さすが）だね。目がいい子は洞察力も鋭い」

正確には、一ノ瀬さんは目じゃなくて記憶力がいいわけだけど……それも、わざわざ説明する必要はない。

「なら話は早い。ぜひ相談に乗ってほしいんだ。どうやったらあいつに、仕事を手伝ってもらえるのかを」

互いに自販機で買った飲み物に口をつけながら、席に座った。

「まず、身分を隠して、君に接触したこと。謝らせてほしい」

「最初から、僕のことは知っていたんですね」

「ああ、君の話は才人からよく聞いていたしね」

話によると、カイトさんはここ二週間ほど、僕に話しかけるタイミングをうかがっていたらしい。

ちょうどバッティングセンターに入るところを見かけて、ここなら自然に、かつ、ゆっくり話せるかもしれないと思い、僕をつけてきたそうだ。

「目的は、才人にあなたの仕事を手伝わせるため、ですね」

「ああ。知ってると思うが、あいつには絵の才能があるんだ」

才能のあるなしは、そもそも才能がない僕には判断しかねることだったが、あいつが有名な美大に合格できるくらいの実力があるというのは知っていた。

「あいつの絵、見たことあるんですね」

「俺が高校三年で、才人が小学生の時の話だ。学校の図工の時間に描いた『猫と人』ってタイトルの絵を見せてくれてね。……震えたよ。あまねく人に命の価値を問いかけるような、それでいてとても静かな絵だった」

だけど、とカイトさんは続ける。

「あいつはその絵を誰に見せるでもなく、本当にただの落書きみたいに、古紙回収の束に無造作につっこんだんだ」

「それを見て、あなたは才人の絵を世に広めるための手伝いをしたいと思った」

「そうだ。俺は昔から、誰かを立てることに関してだけは才能があってね。才人の絵を見た瞬間に、俺の生きる道はこれだ、って確信したよ」

プロデュース力とでも言えばいいのだろうか。とにかく、その才能がカイトさんにはあって、一方の才人には絵の才能があった。カイトさんは才人の絵を世に知らしめたい一心で、事業を拡大した。

「だけど、あいつは一度挫折してしまった」

「美大の入試に失敗したこと、ですか？」

カイトさんは神妙に頷いた。

「美大の入試は実力だけじゃなく、運にも大きく左右される。だから、もう数年チャレンジしてもよかったと思うんだけどな……。結局それからあいつは、ずっと恵まれた才能を腐らせているんだ」

受験に落ちた後、才人は全く美術とは関係のない大学に入り、僕と出会う。

美術部に入ったのは、それでもやはり、絵への未練を断ち切れなかったからだろうと、僕は勝手に思っている。

「幸いにも、あいつはまだ筆を完全に折ってはいない。大学卒業後は広告デザインの会社で働いていたし、今は確か、フリーでデザイナーをしているんだったよな？」

「ええ、そう聞いています」

事実、才人はずっと絵を描き続けている。僕はそれを知っている。痛いほどに。

「なのに才人は、一向に俺の仕事を手伝ってくれない。何度仕事を持ち掛けても、あいつは首を縦に振ってくれないんだ」

「結果、公募で選定したものを使うことになっていると」

「そうだ。まあ、おかげで今まで日の当たらなかった芸術家たちを世に出すことができたから、一部ではいいこともあったんだけどね」

「なるほど」

「とにかく、あいつに仕事をさせたかった。一枚でいいから、あいつの絵を俺に預けてほしかった」

「だから僕に頼った」

「君が才人と仲が良いことは知っていたからね。そういう環境の変化があれば、もしかしたら――いや、違うな」

「違う、というのは？」

「すまない。この期に及んで、俺はまた、君に隠し事をしようとした」

意を決したように、カイトさんは僕の目をまっすぐ見つめた。

「恥ずかしい話だが、俺は多分、あいつに嫌われているんだよ」

きしむ音が聞こえそうなほど強く、カイトさんが両手を握りしめている気がした。

「うちの親がね、子供の頃、何かと俺と才人を比較していたんだ。あの頃の才人は何にでも素直にまっすぐ取り組む子だったんだが、今と違って要領はあまりよくなくてね」

出来のいい兄と比較され続ける弟。どこかで聞いたことのあるような話だけれど、実際に耳にするのは初めてだった。

「自分が冷遇されているのに、当てつけみたいにべた褒めされている兄を、好きになるわけがないよな」

もしかしたらカイトさんが才人の絵の才能を伸ばしたいと思ったのは――そういう親の束縛にがんじがらめになりそうになっている才人を、助けるためだったのだろうか。

「だから、そんな俺からの誘いだけじゃなく……仲の良い君が関わってくれれば、あいつも首を縦に振ってくれるかもしれない。そう期待したんだよ」

「勝算はあったんですか?」

「正直……五分五分くらいだと思っていた。ただ、変化が欲しかったんだ。何度も勧誘して、そろそろ誘い文句もなくなってきていたからね……」

「僕にあいつの兄ってことを隠していたのは、こっちから先に情報が漏れることを防ぐためですか？」

「その通りだ。まっさらな状態で、あいつに話を聞いてほしかったから。騙していたようで、申し訳ない」

「それは別に構いませんよ」

僕のことは構わない。

問題は才人だ。

赤の他人の僕でも気が付くくらいに、才人とカイトさんの間には致命的なすれ違いがある。そんな状態で話し合いをすればどうなるのか。想像に難くなかった。

「なあ、桐谷君。アイデアを出してくれないかな。先週末あいつと会ったんだが……やはり、すげなく断られてしまってね……。もうどうしたらいいか、分からないんだ」

この人は、本当にあいつの才能に惚れているのだと、痛いほどに伝わってくる。

昔見た才人の絵に惹かれて、あいつと一緒に仕事をするために、ただひたすらに、前へ前へと進み続けた。視線だけは、過去を向いたまま。

「カイトさんは、最近のあいつの絵を見たことありますか？」

「いや、ないよ。言っただろう、あいつは絵を描いていないんだ」

　悪気がないことも分かっている。悪意がないことなんて百も承知だ。だけどそこから生み出された悲しい歪みが、当事者でもない僕の心をひどくかきむしるから。思わず、口を挟んでしまう。

「絵は描いていなくても、デザインには関わっていますよ。それがあいつの今の仕事なんですから。名刺のデザインは？　ホームページのレイアウトは？　どれか一つでも確認しましたか？」

「それは――」

「あの、カイトさん」

　カイトさんの言葉を遮った。

「才人は、あなたが思っている以上に……あなたに認めてもらいたいと思ってますよ」

「どういうことだ？」

　噛みしめた奥歯が嫌な音を立てた。依然、カイトさんの質問には答えず、問う。

「……一つ、答えてください。もし才人に、あなたが思うような絵の才能がなかったとしたら。どうしま――」

　しかし最後まで言い切る前に、胸倉をつかまれて机の上に上半身を引きずり出された。シャツの上からでも分かる鍛えられた筋肉は、僕を威圧するのに十分な見た目をしている。

だけど、そんな恵まれた体格がはりぼてに見えるくらいに、カイトさんの声は震えていた。

「そんな仮定に意味はない」

「怖いですか？」

「何？」

「もし、あいつに才能がなかったらと思うと、今までの自分の努力が全て消える気がして、怖いんじゃないんですか、って聞いてるんですよ」

カイトさんは——何も答えなかった。ただ、静かに僕のシャツから手を放した。

才能の有無はとにかくとして、今あいつは、フリーランスで生計を立てているんだ。それが生半可なことでは務まらないことくらい、僕にも分かる。

あいつに才能がないなんて、本気で思っちゃいない。

もしかしたらそれは、カイトさんが期待しているほどのものではないのかもしれないけれど、でも確かにそこにあるはずで。

カイトさんがもう少し、才人のことを見てくれていたら、あいつの人生は違っていたのだろうかと、そんな考えても意味のないＩＦを、思う。

「翔也君、すまない……俺は……一瞬……」

「いえ、僕の方こそ、すみませんでした。そろそろ失礼しますね」

柄にもなく踏み込んでしまった。これ以上いたら、取り返しがつかないくらい無遠慮な発言をしてしまいそうな気がして、僕は足早にこの場を離れようとした。

「ま、待ってくれ！」

カイトさんの切迫した声に、僕は仕方なく足を止めた。

一呼吸を置いて、振り返る。

「どうしました？」

「気になっていることがもう一つあるんだ」

これを誰かに言うのは初めてだし、正直、口外していいかどうか、ためらいもするんだが……と珍しく歯切れ悪く、カイトさんは続ける。

「才人と飯を食いに行った時、あいつが席を外した時があったんだ。その時、あいつのカバンが椅子から落ちて中身が全部出てきたんだが……」

「何が出てきたんですか？」

「本だよ」

しばしスマホを操作したかと思うと、僕に画面を向けた。

思わず写真を撮ってしまったんだ、と言って見せられた画面には、三冊ほど本が映っていた。

ハードカバーであったり、文庫本であったり、形状は様々だが、タイトルには共通性があった。

『人を殺害する方法』『人の死にまつわる七つの真実』『法医学大全』

「なあ……あいつはどうしちゃったんだよ。こんなの、デザインにも絵にも、全然関係ないじゃないか」

このタイトルでフィクション小説ならまだ納得のしようもあったが、どうやら全て、ノンフィクションのようだ。

これは確かに、カイトさんが心配になるのも分かる。

警察でも、弁護士でも、解剖医でも、法医学者でもない身内のカバンから、こんなものが出てきたら、誰だってぎょっとするだろう。

「それに才人のやつ、最近ちょっと変なんだよ……。前までは、嫌々かもしれないけど、俺にも両親にも定期的に連絡を入れてくれていたし、会ってもくれていた。それなのにこの前はドタキャンされるし、ようやく日曜に会えたかと思えば、終始仏頂面（ぶっちょうづら）だし、それに、顔色も悪いし……」

「体調が悪かったのかもしれませんね」

「それならまだいい……。だけどもし、もし万が一。何か……思い悩んで、思い余って、誰かを殺そうとか――」

「その本、僕が頼んだんです」

仕方ないか。

この場を収めるために、最も効果がありそうな台詞を引っ張り出す。

「僕、小説書いてるんです。ミステリー小説。その設定資料にどうしても必要で……。でもそういう本ってやたらと高いので、代わりに借りてもらったんです。才人の家から図書館が近いらしくて」

「そう、なのか……？」

「ええ。図書館の貸し出しカード、挟まってたでしょう？」

「いや、そこまでは確認してなかったが……」

そりゃそうだ。

第一、貸し出しカードなんて挟まってるわけがない。

だって僕は、そんなこと頼んでないんだから。

「はは、すみません。紛(まぎ)らわしいことしちゃって。驚かせちゃいましたね」

「……まったくだ」

多少、引っ掛かる部分はあったかもしれない。

だけど人は、真実よりも、自分が求める虚構の方に自然と引かれてしまうから。

僕はカイトさんを容易に騙すことができた。

罪悪感は、あまりなかった。

「じゃあ、僕はこれで――」

一区切りついたので、スマホを返し、その場を立ち去ろうとした時――

写真に写った本のうちの一つに、目がとまった。

「どうしたんだい？」

「……いえ。これお返しします」

ふと、ひらめいた。

一ノ瀬さんが、このタイミングで僕の目の前から姿を消した理由。

一度たりとも、僕に連絡を取ろうとしない、その理由を。

なんだかむしゃくしゃして、行き場のないやるせなさが胸の裏側をじりじりと焼くようで。

気付けば僕は、バッターボックスに立っていた。

画素の粗い電光パネルに空いた穴から、白球が投げ込まれる。

考えてみれば、単純な話だった。

タイムリープから抜け出せていない一ノ瀬さんが、僕の目の前から姿を消す理由なんて、一つしか考えられないじゃないか。

そしてもし、この予想が正しいとしたら。

「……なんで今日に限って当たるんだよ」

僕にはもう、どうすることもできない。

小気味良い音と共に放物線を描いて飛んでいった白球を眺めながら、僕は力なくつぶやいた。

＊

どれだけ考えても、一ノ瀬さんに出会える目処は立たなかった。

唯一僕に残された手段は、メッセージアプリの通話機能だが……情けないことに、そのボタンを押す勇気は、まだ出なかった。ますますなくなっていた、とも言える。

通話ボタンをぼんやりと眺めながら、ずるずるずるずるずると、時間だけが過ぎていく。

彼女が僕の前から消えた理由については、おおよその見当が付き始めていた。

だけど依然として上手い解決策は浮かばなくて、こうして、どうすればいいか分からない思いを、ただただくすぶらせている。

あれほどまでに筆が進んでいた小説も、ぱったりと音沙汰なく進まなくなってしまった。

どうしたんだと自分につっこみたくなるくらい、キーボードの上に置いた指は、躍らなくなった。

「ひどい出来だ」

何もやる気が起こらなくて、ぼんやりと読み返していた自分の小説に、そんな感想を抱く。

まだ完成していないのだから、構成がどうとか、伏線がどうとか、そういう部分に評価を下せる段階にはない。ただ単純に、地の文が安定していなかった。最初は無味無臭だった文章が、一ノ瀬さんと過ごすにつれて、どんどんと色合いを増しているように感じた。

ちゃんと統一しないと、とても読めたものではないだろう。

「なんて……悠長な考えだな」

この小説は、本来先週の日曜日には完成していなくてはならなかった。どんな形であれ、ピリオドを打って、一つの物語として完結させなくてはならなかった。

今はいわば、ロスタイム。本来生まれるはずのなかった、空白の時間（ブランク・タイム）だ。

そんな中で、僕がこの物語を終わらせずに、遅々として進まない筆を持て余しているのは、ただ一つだけ、一ノ瀬さんに教えてほしいことがあったからだ。

彼女からそれを聞き出すためには、どうしたらいいのだろう。

どうしたら彼女に会えるのだろう。

結局また思考は同じところに戻ってきて、苦笑いがこぼれる。

この一週間、同じことの繰り返しだ。

「……まぶし」

強烈な西日が差し込んできて、僕は思わず目をつむった。

彼女がいた時の一週間は、あんなにも長く感じたのに、一ノ瀬さんとの連絡が取れなくなってからの毎日は、まったく中身がない。気付けばもう土曜日の夕方で、あっさりと一週間が過ぎようとしていることに驚いた。

引き出しを開けると、中にはタバコが入っていた。

彼女の前では吸わない約束だった、会社に持っていく習慣を忘れた、タバコ。

緑の蛍光色をしたパッケージに、そっと手を這わせようとした時、スマホが鳴った。

画面には「カロン先輩」とある。

「はい、もしも――」

「翔也君、私。今どこにいるの？」

「家ですけど」

「そっか、よかった」

それだけ言うと、一方的に電話が切れた。

いったいなんだったんだ……？　と、深く考える間もなく。


チャイムの音が鳴った。


ああ、そういうことかと、僕は納得して天井を仰ぎ見た。

『出ちゃダメだよ、翔也君！』

一ノ瀬さんが隣にいたら、こんな感じで引き止めてくれただろうか。

それとも、

『しょうがないなあ、私が代わりに出てあげるよ。言い訳なんて、いくらでも思いつくし』

なんて言って、僕をかばってくれただろうか。

いくら夢想したところで、一ノ瀬さんが出てきてくれるはずもなくて。

部屋の中には再び、チャイムの音が鳴り響く。

僕の所在はバレている。もったりと体を持ち上げて、玄関のドアを開けた。

「や、翔也君。迎えに来たよ。今から私の家に来てくれる？」

有無を言わせぬカロンさんの迫力に、僕はただ頷くしかなかった。

ループした彼女を置いたまま。

一ノ瀬茉莉花を残したまま。

物語が進もうとしている。

＊

「はい、いらっしゃーい。ちゃんとついてきて、えらいえらい」

「あれは断るに断れないですよ」

「何ー？　来たくなかったの？」

「そういうわけじゃないんですけど……」

「うんうん、素直でよろしい。さ、あがってあがって」

約二か月ぶりに、カロンさんの家に上がった。

相変わらず、物の少ない部屋だった。ただ質素というのは少し違う。

単純に、物の配置とか、片付け方が上手いのだろうと思う。

きれいなフローリングの床に座布団を敷いて、腰かける。

「どうも」

「ん」

手渡された缶ビールのプルタブを開け、そのままカロンさんの缶と打ち合わせる。

「お疲れ」

「お疲れ様です」

何に対しての労いなのかは分からないが、他にかける言葉も思いつかなかったので、とりあえず無難に同じ言葉を繰り返した。

一口飲んで、喉ごしを楽しんでいるうちに、カロンさんは既に一本空けていた。

「ペース早すぎません？」

「そんなことないよー。いつも通りいつも通り」

「嘘でしょ……」

そんなやり取りをしている間にも、カロンさんはがぶがぶと缶ビールを呷った。

カロンさんはお酒に弱い方ではない。顔には出るが、正気は保っているタイプだ。

だけどさすがにこんなに早いペースで飲んでいたら、いくらカロンさんと言えど、まずいのではないか。

「ほら、翔也君も飲んで飲んでー」

「僕はいつも通りのペースで飲んでるんですけどね……」

流れが良くない。

このままだと僕までたくさん飲まされて、気付いたら朝になっているパターンだ。

僕は思い切って話題を振ってみる。

「どうしたんですか、カロンさん。何かあったんですか？　僕でよかったら話、聞きますよ」

非の打ちどころのない完璧な、テンプレートに則った台詞。

だけど今カロンさんが欲しがっているのは、きっとこういう言葉だろう。

わざわざ僕の家まで押しかけてきて、僕が絶対にいることを確認したうえで、誘ってきたのだ。何か話したいことがあるのは間違いない。

「んー？　それは、こっちの台詞なんだけどなぁ」

小さな机の向こうから、カロンさんがにじりよってくる。既に顔は赤い。なんなら目もちょっと据わっている。

「茉莉花ちゃんとは、仲直りした？」

「いえ、まだですけど」

「ふーん」

右肩が重くなる。

カロンさんがしなだれかかってきていた。

甘く切ない匂いがする。

近づくだけで胸がうずくほどに、脳に強く刻み込まれた彼女の芳香。

「茉莉花ちゃんのこと、好きなんでしょ」

「……え?」

しらばっくれるとか、はぐらかそうとしたわけではなくて、本気で反応が遅れた。

なんでそうなる?

「いや、あいつは従妹ですし」

「従妹でも、法律上は結婚できるもん」

確か四親等以降であれば、婚約は可能なんだっけ。

なんで知ってるんだそんなの。まさか調べたのか? わざわざ?

「そうかもしれませんけど、あいつとは兄妹みたいな関係で……ってこれ、この前も話しましたよね」

「でも茉莉花ちゃんにもらったハンドクリームつけてたし」

「手荒れがひどいらしいので」

「茉莉花ちゃんのマフラーしてたし」

「え」

「茉莉花ちゃんの前ではタバコ吸わなかったし」

「……」

「おまけに最近はずっと、茉莉花ちゃんのことばっかり考えてるし」

鋭すぎる。何を根拠に確信したのかは分からないが、正鵠を射ている以上、隠すのは無駄だろう。だから僕は、正直に言った。

「マフラーなくしてたので、あいつがくれたんですよ。深い意味はありません。タバコを吸わなかったのはあいつが嫌いだからですけど、そりゃタバコ吸わない人の前では控えますよ。それに最近あいつのことを考えてたっていうのも、昔から仲良かった相手と喧嘩したら、やっぱりちょっとは精神的にこたえますよ。いたって普通です。僕があいつを好きっていう根拠にはなりえません」

「翔也君って、嘘をつく時、癖があるよね」

……また、それか。

ショッピングモールの帰り道、一ノ瀬さんに言われたのと、まるまる同じ台詞。

今回だって、あの時と同じだ。

僕は嘘なんかついてない。なのにどうして二人とも、同じことを言うんだ。

そう確信しているはずなのに……まるで僕自身よりも、彼女たちの方が僕を見透かしているような気がした。

強く否定できなくて押し黙ってしまった僕を見て、カロンさんは「ま、それはいいや」とあっさり話題を変える。

「ところで翔也君。タバコ吸わない人の前では控えるって、今、そう言ったよね？」

「え、ええ、吸いませんよ」

「でも私の前では吸ってたよね」

「それはカロンさんが吸う人だから……」

「いつ言った？」

とても静かな声音だったのに、なぜかぞくりと鳥肌が立った。

「いつ、私がタバコ吸うだなんて、言った？」

「そ、れは……」

カロンさんがタバコを吸うことを知ったのは、初めて体を重ねた日のことだ。

お互いに素肌をシーツに絡めながら、どちらともなくポケット灰皿を取り出して、どちらかがライターに火をつけて、暗闇の中、ゆらゆらと灯ったそれに、タバコの先端をつけた。

覚えている。

よく、覚えている。

だけど――。

あの時、どちらが先にタバコを吸った？

それに僕は、カロンさんにタバコを吸うかどうか、確認しただろうか？

「しょーうーやー君」

一転、甘い声音と共に、床に押し倒された。一瞬目に入ったレジンで固められたバラの花が、西日を受けて物憂げな光を放っていた。

カロンさんのアッシュブラウンに染まったきれいな髪が、ばさりと視界を覆う。

「君は気付いてないだけで、彼女に惹かれてるんだよ。私には分かる」

「だから――」

「別にいいんだよ」

上下左右、どこもかしこも艶やかな匂いを放つ、彼女の髪の毛でいっぱいで。

目の前には、端整なカロンさんの顔があって。

僕は彼女と二人きりの空間にいた。

「君が、誰のことを好きでも」

黒目がちな、美しい瞳を僕は見上げる。

しっとりと濡れた、物憂げな夜空を髣髴(ほうふつ)させる。

「私と翔也君の関係は、都合のいい、大人な関係だもんね」

それを言い出したのはあなただ。

噛みしめた奥歯が嫌な音を立てた。

「うん。いいんだ、それで」

やめてくれ。と、心の中で叫んだ。

「だけど……だけどね」

それだけは言わないでほしい。その先は言わないでほしい。

今のカロンさんには、まだ口にしないでほしい。

「ねえ、翔也君」

カロンさんの顔が近づいて、唇が触れ合った。

もう何度も交わした口づけのはずなのに、初めての感触がした。

たくさんの思い出が脳裏をよぎった。

彼女の肌に触れた日のことを思い出した。
初めてこの部屋に上がった日のことを思い出した。
その翌日、会社で会った時に、少し気まずかったことを。
カロンさんの手料理をふるまってもらった日のことを。
飲み会の帰り道、終電がなくなって泊めてもらったことを。
そして最後に、やっぱり、あの言葉のことを思い出して。
カロンさんの唇が離れた。やがて小さな吐息にのせて、
「好きだよ、翔也君」
彼女は言った。
「だから……ね？」
カロンさんが、僕の手を彼女の首元に添えさせた。
同時に僕の肩を押さえつけていた彼女の両手は、僕の顔の方へ上がっていく。
彼女が何をしたいのかは分かっていた。
いつかはこうなるのだろうと、ぼんやりと察してもいた。
だけど――
「ダメですよ、カロンさん」

彼女に求められたから、僕は拒絶の言葉を口にしなければならない。

「カロンさんが好きなのは、僕じゃないでしょう」

「……え？」

カロンさんが口を挟む前に、僕は畳みかけるように続ける。

「カロンさん、言ってましたよね。『こういう関係って、楽でいいよね』って。それ、誰に言われたんですか？」

あの日、この台詞を言われて以来、僕はずっと違和感を覚えていた。

その台詞を口にするには、カロンさんはあまりにも僕に執着しすぎている気がしたから。

例えば、喫煙スペースで僕の小指を噛んだのは、従妹に対して自分の存在をアピールするためだろう。

例えば一ノ瀬さんとの飲み会に来てくれたのは、急に僕のそばに現れた、女性の存在を確かめるためだろう。

例えば、飲み会で僕が一ノ瀬さんのことを名前で呼んでいないことを不審に思ったのは、そもそも僕と一ノ瀬さんの関係を疑ってかかっていたからだろう。

僕から漂う匂い一つを警戒して、僕の体に自分の痕跡を残そうとして、なのに、さも自分は気にしていないかのようにふるまって。そのくせ、飲み会に来る面子（めんつ）の性別は逆張りして聞いたりして、そうやって僕の周りにいる女性の影を全身で感じようとしているくせに、なのに一向に深い関係にはなろうとしない。

彼女は僕を束縛したがっている。決して楽な関係だとも、思っていない。にもかかわらず、カロンさんが主張を変えることは決してなくて。

「べ、別に私は――」

「昔好きだった人に、言われたんじゃないんですか？」

まるで、誰かに言わされているような、自分自身を説得しているような、そんな歪みを感じるんだ。

これは、ただの僕の想像だけど。きっとカロンさんには昔、想い人がいて、その人といつか一緒になれると信じて疑っていなかったのだろう。

だけど彼女は、あっさりと裏切られた。『こういう関係って、楽でいいよね』なんて、軽く言われて。

それからカロンさんは、逆に自分からその台詞を口にすることで、自分の心を守ってきたのではないだろうか。

拒絶されるのが怖いから。

自分が好きになった人と、少しでも長く一緒にいたいから。

だとすれば、彼女が求めているのは拒絶をしない相手であって。つまるところ、その相手は——僕じゃなくてもよくて。

「自分が傷つけられた言葉を使って、自分を守っていたんですよね」

思えばカロンさんは、とても自己暗示の上手い人だったように思う。

「女性でよかった」と自分に言い聞かせているように、「こういう関係は楽でいい」と、言い聞かせていたのかもしれない。

だけど、自己暗示というのは、あくまで暗示でしかない。本音ではない。心の底から望んでいることではない。だからいつかは、歪みが生まれる。

「カロンさん。僕は、あなたのことが好きでした。……いえ、好きになりたかった」

「……やめて」

「だからこそ、自分自身で気付いてほしかった。あなたが好きなのは、僕じゃなくて、『拒絶をしない相手』なんだってことに」

「やめてよ」

「そう気付いたうえで……それでも僕のことが好きだって、言ってほしかったんです」

嗚咽（おえつ）交じりに、カロンさんはこぼす。

いつもの大人びた雰囲気とはかけ離れた、いじけた、子供のような声で。

「……ひどいよ、翔也君。私をここまで、その気にさせておいて」

「ごめんなさい。でも、ダメなんです。僕は――」

そこで思わず、言葉を切った。

聡(さと)いカロンさんは、だけどすべてを察したように「そっか」とつぶやいて、笑った。

目の端から、大粒の涙がぽろぽろと流れ落ちていた。

僕は彼女を救えない。

カロンさんも僕を救えない。

僕とカロンさんの歪な関係は、互いが互いを、いつか救えるだろうと期待して、いつか寄り添えると夢想して、そんな僕らの願望が、奇跡的に噛み合ったが故にできたものだったけれど。それも今日で終わりにしなくてはならない。

「あのさ……。仮定の話に意味がないのは分かってるんだけど、一つだけ聞かせて？」

「ＩＦの話は、結構好きですよ」

「もし私が、過去を振り切って、それでも翔也君のことが好きだったら……そしたら君は、全部受け入れてくれてたのかな？」

「はい」

「ふふ……何、即答？」

「ええ。だってカロンさんは僕のタイプですから」

一瞬目を見開いて、カロンさんは泣きながら破顔した。

「そっか……。そうなんだ。それなら少し、救われるなあ……」

僕が言いたいことを十分に察してくれたようで、彼女はほっそりとした指を目元にあてて、涙をぬぐっていた。

それから少しの間、軽口を叩き合った。あらゆるしがらみから解放されて、いつもよりも和やかに、穏やかに、話すことができた気がする。

やがて、時の流れがゆったりとし始めた頃。

「あーあ、最悪。明日、目腫(は)れちゃうだろうなあ」

「休みでよかったですね」

「ダメだよー、明日は人に会う用事があるんだもん。化粧で隠さないと」

「……え?」

刹那(せつな)──僕の脳内で何かがはじけた。

ひらめきだった。天啓と言ってもいいかもしれない。

僕の経験不足か、知識不足かは分からないが、そもそもの捉え方が間違っていたのだ。

僕は化粧という行為を、おしゃれをするため、見栄えをよくするための手法として捉えていたのだけれど……何かを隠す、という役割もあったのか。

「カロンさん。泣いたら、アイメイクで隠すんですか？」

「ん？　うん。腫れてると見栄え悪いし。ちょっと濃くして隠すこともあるかな」

「それって例えば――」


『君、まさかと思うけど、この子のこといじめてないよね？』

『はい？』


「あいつの化粧も、そうだと思いますか？」

「あいつ……ああ、茉莉花ちゃんのこと？　そうだね。目の周りだけ、ずいぶん厚めに隠してたから、最初はそうかなーと思ったんだけど……でも翔也君、心当たりなさそうだったし、勘違いだったのかなって」

　いじめた心当たりは、まったくなかった。

だけど、彼女が泣く理由には心当たりがある。

そして、もしこの推測が当たっているのであれば、僕は彼女に会わなければならない。

今、すぐに。

「すみません、僕、帰ります」

「……そっか」

カロンさんは静かにそれだけ言って、特に引き止めなかった。

ただ、僕が部屋から出る時、

「仲直り、できるといいね」

一言、そうつぶやいた。

僕は何も答えず、そっと扉を閉めた。

外に出ると、雪が降っていた。

寒空の下、かじかむ指を必死で動かし、メッセージアプリを起動した。

そしてこの一週間、ひたすらにためらっていた通話ボタンを、思い切って押す。

あれだけメッセージを無視され続けていたのが嘘のように、数コールで電話がつながった。

どこかで歯車が噛み合う音が聞こえた。

彼女の存在を置き去りにして、無理やり進もうとしていた物語は、歪に、ぎりぎりと嫌な音を立てていた。

だから今、正しいあり方に戻すために。

この物語を進めるために。

一ノ瀬茉莉花という歯車を戻すために。

「もしもし、一ノ瀬さん。久しぶり。今から君の家に行くから、住所教えてくれないかな?」

僕は彼女のもとに向かう。

＊

一ノ瀬さんの家は、想像していたよりも、さらに僕の家から近いところにあった。徒歩で十分足らず、自転車なら三分くらいの距離なんじゃないだろうか。

教えてもらった部屋番号を打ち込むと、静かにロビーの扉が開いた。

そのままエレベーターに乗り込み、五階のボタンを押す。

滑らかな動きで上昇する箱の中で、いったい何から話そうかと、僕は思案する。

ようやく会えるとはいえ、きっと彼女は何も語らないだろう。

だったらやはり、僕が謎解きのような形で、一つ一つ、事実の確認作業をするしかない。

さて、語り出しはどうしようか。

一ノ瀬さんが急に消えた理由について?

僕を殺そうとしている、犯人の正体について?

ああ、だけど。それらは結局、全部一つの言葉に集約されるから。

やっぱりここは、この一言から始めるのが正解なのだと思う。

五〇五号室の扉が開かれ、一ノ瀬さんがそっと顔をのぞかせた時、僕は真っ先に口を開いた。

「僕は死んだんだね」

部屋の中に通されるのかと思ったけど、どうやら僕が入っていいのは、廊下までらしい。おそらくリビングに続いているのであろう廊下の片隅で、「翔也君はここまで」と言われた僕は、おとなしく座って、ドアに寄りかかった。玄関に置かれたネックレススタンドにかかった月の形をしたペンダントを眺めながら「寒いんだけど」とドア越しに声をかけると、今度は開いた隙間から毛布が手渡された。まあ、部屋の中だし、これでも寒さはしのげないことはないか。

やたらと甘い匂いのする毛布にくるまりながら、再びドアに身を預ける。

すりガラス越しに、一ノ瀬さんももたれかかっている様子が見えた。

たった一週間足らず会わなかっただけなのに、ずいぶんと彼女を懐かしく感じた。彼女の姿を見て、ほっとしている自分がいることも、自覚していた。

話したいことはたくさんあった。無駄話に花を咲かせて、この前の週末みたいに、居心地の良い空間の中、二人で生ぬるい時間を過ごしたい気持ちもあった。

だけどその全てを押し殺して、再度、一ノ瀬さんに告げる。

「僕は死んだんだね」

ドアの向こうで、ピクリと彼女の肩が跳ねたのが伝わってきた。

やはりそうか、と息を細く吐く。

「今は二回目のループ？」

返事はない。それが肯定の意味だと、僕は勝手に解釈した。

僕の推測が正しければ、彼女は、十二月十五日から、つまり、明日から十二月九日にタイムリープしてきた一ノ瀬さんだ。

おそらくタイムリープは、七日間という単位で起こっているのだろう。

彼女が十二月八日から十二月二日に、何度も何度もタイムリープしていたように、彼女は次に、十二月十五日から、十二月九日にタイムリープするようになった。

それが意味するところは明らかだ。

明日、僕は死ぬ。

僕の死を起点として七日間のタイムリープが起こるのだから、間違いない。

そしてそれは、当然の帰結のようにも思えた。

先週の日曜日、僕の死を回避することには成功したけれど、あれは決して問題を解決したわけではない。ただの延命措置だ。だから、いずれ僕が死ぬことは必然でもあり、当然一ノ瀬さんもそれは理解していたはずだ。

にもかかわらず、彼女がこんなにもショックを受けている理由。

部屋から出ることができず、僕に連絡を取ることができないくらいに落ち込んでいる理由。

これは大きく分けて三つあるだろう。

一つは、ようやく訪れた、新しい十二月の第二週が、また始まってしまったことに打ちひしがれてしまったから。

またループが起こる可能性があると頭で分かっていたとしても、ようやく今までのループを抜け出せた直後だ。ショックは大きいだろう。

そして二つ目は——僕を助けられなかったことを、悔いているから。

僕はずっと、何度もループしているのであれば、色々と試行錯誤して、ループから抜け出す解決策を導き出せるのではないかと思っていた。

例えば、一ノ瀬さんに僕を尾行してもらい、犯人が出てきた時点で、二人がかりで取り押さえる方法もあるだろう。僕を監禁して、犯人の動向を探ってもよかったかもしれない。

一ノ瀬さんがそういう方法を頑(かたく)なに取らなかったのは、彼女が僕のことを信用していないからだと、勝手に解釈していたけれど——実際には違ったのだ。

「一ノ瀬さん、ずっと言ってたよね。僕が死なないこと、それが一番大事なんだって」

この言葉の真意を、僕は愚かにも見逃していた。

彼女が何度も何度も、懸命にあがいていたのは、自分がループを抜けるためだけではなくて——今いる世界の桐谷翔也を助けるためだったのだ。

彼女の頭の中には常に僕がいた。

僕が傷つかないように、僕の生活が壊れてしまわないように。もしループが終わったとしても、僕がその後、変わらない人生を送れるように、気を配ってくれていたのだ。

だから彼女は、全てのループで手を抜かなかったし、何より、僕が少しでも死ぬ可能性のある方策は、取ろうとしなかった。

「それで一ノ瀬さんは、いつも泣いてたんだね」

「泣いてないもん」

「嘘つき」

きっと彼女は、ループをするたびに泣いていたのだと思う。

前の世界で死んだ僕のことを悔やんで、これまで死んでいった僕のことを悼(いた)んで。

それでも、時間は同じ輪の上を止まることなく回り続け、次のループが始まって、次の僕が死んでしまうから。

一ノ瀬さんは立ち上がって、化粧で自分の涙(よわさ)を隠して、そうしてまた新しい僕のもとにはせ参じてくれていたのだ。ただ、僕を助けるために。

そのことに気付いた時、僕はようやく、一ノ瀬さんと向き合う覚悟をした。

この次に続く、第三の理由によって心を折られた、彼女に会うために。

「そして、君がこうして部屋に引きこもっている一番の理由は——」

そう、まだここまでの二つの理由だけでは、彼女が立ち直れないくらいに落ち込んでいることを、十分には説明できていない。

この程度で心が折れるようであれば、彼女は決して、これまで走り続けてはこられなかっただろう。それほどまでに、一ノ瀬さんが歩んできた道のりは、険しいものだった。

だから、そんな彼女に致命傷を与えた、第三の理由がある。

それは。

「——僕の死の真相を知ってしまったから」

静寂の帳が下りる。

どうやって彼女が真相にたどり着いたのか、僕には分からない。

だけど、この予想は外れていないだろうという確信もあった。

一ノ瀬さんは反応しない。ただ、静かなすすり泣きと「ごめんね」「助けられなくて、ごめんね」という小さな声だけが聞こえた。

それは違う、と言いたかった。

決して彼女のせいなんかじゃない。一ノ瀬さんに、悪い点は一つもない。

「一ノ瀬さんは、これからどうするの？」

「……分かんない。分かんなく、なっちゃった」

これまで聞いたこともないような弱々しい声で、一ノ瀬さんは言った。

今の彼女は、心の支えにしていた支柱が、いきなり砂のようになって、もろく崩れ去ってしまったような状態だ。

優しくしてあげるべきなのだろう。君は悪くないよと、声をかけてあげるべきなのだろう。

そっと肩を抱いてあげてもいいのかもしれない。

だけど今、そんな偽善的な感情はかなぐり捨てて、僕が本当に言わなくてはならないのは、

「それじゃ、困るよ……」

身勝手で、わがままで、どうしようもなく自分本位な、この言葉なのだろうと思う。

「だったら……。だったら、あの小説は――僕の物語は、どう終わらせればいいんだ」

答えは、ない。

だけどしばらくして、もたれかかっていたドアがゆっくりと開いた。

あわてて身を起こすと、扉の向こう側からやってきた一ノ瀬さんが、ゆっくりと屈んで僕と目線を合わせた。

今日はアイメイクをしていなかった。

確かに目の周りは赤く腫れていた。

それでも僕は、今の彼女の方がきれいだと思った。

ポニーテールを解いているからだろうか、いつもよりも大人びて見えた。

あるがままの、自然体な一ノ瀬さんが、そこにいる気がした。

数拍置いて、彼女は言う。

「それは君が決めるんだよ」

一ノ瀬さんの言葉は、水のようだった。

からからに干からびた僕の体に、すっと染み込んで、徐々に徐々に、じわじわと音を立てながら、浸透していく。うっ血していた腕に血が巡るみたいに、かじかんでいた手にぬくもりが広がるみたいに、染みわたっていく。

呼吸が浅い。急に酸素が薄くなったみたいだ。

「僕が、決める……」

「うん。怖い？」

「怖い。すごく」

「そうだよね。でも、決めなくちゃ」

「……分かってる」

「翔也君」

ふわりと、抱きしめられる。

恋人同士がするような、色気のある抱擁(ほうよう)ではなくて。

母が子にするような、慈愛に満ちたハグだった。

とてもとても温かくて、柔らかくて、甘い香りがして、胸が締めつけられるように苦しくなる。

気付けば僕は、彼女の背中に両手を回していた。

「どんなことがあっても、私は君の味方だから」

「……うん」

「今回はちょっとへこんじゃったけど……。でも。どんな結末でも、私はやっぱり、君を助けるために動くから」

「うん」

「だから、好きに選んでいいんだよ」

とびっきりの優しい声で、一ノ瀬さんはそう言って、僕の背中を優しくさすってくれた。

浅い呼吸を吐き出しながら、かすれた声で問いかける。

「例えばそれが、笑ってしまうくらい格好悪い選択だったとしても？」

「うん、大丈夫」

「例えばそれが、目も当てられないくらい、見苦しい選択だったとしても？」

「うん、大丈夫」

彼女の手が、僕の呼吸に合わせてゆっくりと上下するたびに、胸の奥にある不安が少しずつ消えていくような気がした。ちゃんと呼吸ができる気がした。

「例えばそれが……どうしようもなく、みっともない選択だったとしても？」

「うん、大丈夫。全部、全部、受け止めるよ」

「そっか」

「そうだよ」

「一ノ瀬さん」

「うん、なあに?」

「ありがとう」

どれくらいの時間が経っただろうか。

やがて僕は立ち上がった。

「行くね」

「うん」

玄関に足を向けた僕の背中に、再度声がかけられる。

振り向くと、一ノ瀬さんが小さく手を振っていた。優しく微笑みながら。

「君の小説、読めるといいな」

僕は何も言わず、彼女の家を後にした。

その言葉に応える権利を、僕はまだ、持ち合わせていないから。

十二月十五日　日曜日【青色】

待ち合わせ場所に、既にあいつは立っていた。

ビルの屋上、階数にすれば、十八階のさらに上。

ビル一階あたりの高さは約三メートルだから、高さにすれば、地上約五十五メートル。

四十五メートル以上の高さから落ちて助かった例はないと、どこかの雑誌で読んだことがある。この高さから落ちれば、確実に人は死ぬだろう。

「おお、来たのか」

「ごめん、待たせたかな」

「いいよ。一週間も待ったんだ。ちょっとくらいの遅刻は、誤差だ」

僕を呼び出した相手、三木谷才人は、のんびりとタバコをふかしながら、ビルのフェンスにもたれかかっていた。

「色々本で調べたけど、やっぱりここが一番よさそうなんだよな」

「そうなんだ」

落下防止の防護フェンスは、高さ二、三メートルほどはあって、うっかり落ちないようになっている。だけど、本気で乗り越えようと試みれば、さして障害にならない高さでもあった。

「じゃあ、死ぬか」

夕飯にでも誘うような気軽さで、才人が言った。

僕は応える。

「うん、そうだね」

僕は……誰に殺されるわけでもない。

僕は今から、自分を殺す。

自分で死ぬ。

自殺をする。

それが、三木谷才人との約束だったから。

『お前、そこで何してんの?』

僕が初めて自殺しようとした日、うかつにも学生に見つかってしまった。

その相手が、三木谷才人だった。

ペンキのはがれかけた青いベンチに乗って、桜の木を見下ろしながら、屋上から飛び降りようとしていた僕は、面倒くさいことになったなと思った。

『なにって言われても……』

『そこ、いつも俺が飯食ってる場所なんだけど』

この状況でそれを先に言うのか？

別に止めてほしかったわけでも、騒いでほしかったわけでももちろんないけれど、どうやら変わったやつらしいということは、この時点で予想がついた。

『じゃあなんで——ああ、そうか。今日俺、二コマ目休講だったから……お前、いつからここで飯食ってんの？』

『僕も食べてるよ』

『去年の四月から、かな』

『まじか、お前の方が先に見つけてたのかよ。地味にショック。俺、三木谷才人。二年。お前は？』

才人、と名乗った彼が近づいてきたので、僕はベンチから降りて自己紹介をした。

『桐谷翔也、二年だよ』

『タメか。楽でいいや』

どさり、とベンチに腰かけて才人はポケットからタバコを取り出した。

それから僕たちは、他愛(たあい)もない話をして、なぜか友達になることになった。

なんとなく波長は合いそうな予感はしたので、とりあえずいいよと答えておいた。

そして才人は、僕に持ちかけた。

『なあ、じゃあ早速頼みを聞いてほしいんだけどさ』

『君、結構図々しいね』

『まあそう言うなよ。実は——』

『実は俺も、そのうち死のうと思ってるんだ』

それから僕は、才人の話を聞いた。

彼の心の闇は、ある一人の人物に起因しているらしかった。

自分には憧れている人がいて、その人に認めてもらいたいのだと才人は語った。

よく面倒を見てもらって、辛い時期も自分をかばって守ってくれた、尊敬している人なのだそうだ。

だけど、あらゆる面で、その人には負けていて。彼はなんとかその人に認めてもらうために、必死に方法を模索していた。

コミュニケーション能力一つをとっても、その人の真似をして試行錯誤してはいるけれど、どうも自分には合っておらず、いつも最後には疲れてしまうのだと。

唯一その人が褒めてくれた芸術の才能は、美大に落ちたことで自信をなくしてしまったのだと。

淡々と、心にこびりついた滓（おり）を語っていった。

あらかたを話し終えたのか、やがて才人は気だるげに吐き出した。

『もう少し頑張ってみて、それでもダメだったら……もういいかな、って思ってる。お前と同じだよ』

そう思う気力があるだけ、僕よりもマシだとは思ったけれど、口には出さなかった。

『だけど自信がないんだよな。俺、肝心なところでビビりだから、一人じゃ死ねないかもしれない。だからその時は――俺を助けてくれないか？』

『それまでは生きてろってこと？』

『いいだろ別に。なんで死ぬつもりだったのかは知らないけど、これからは色々手助けするからさ。あれだよほら、一蓮托生（いちれんたくしょう）ってやつ？』

『うーん……』

『頼むよ。お前しかこんなの頼めない。俺はお前が自殺しようとする瞬間を目撃してるし、お前は今、俺の自殺願望を知った。な？　なかなかないだろ、こんな関係』

正直、死ぬのはいつでもよかった。

今日でもよかったし、今日でなくともよかった。

中学を卒業して以来、あまりにも空虚に流れている僕の時間を止めることができるならば、いつだって同じだと思った。

それに……僕にしかできない、という言葉に、少し惹かれたのも確かだった。

誰かの特別になることができるのは、テンプレートな言葉しか返せなくなった僕にとって、とても魅力的なことだった。

『分かった、乗るよ』

だから僕は、才人の提案を受け入れた。

それ以来、才人とはよくつるむようになった。

「意外と長かったな、ここまで来るのに。吸うか？」

「そうだね……。いや、遠慮しておく」

「なんだよ、人生最後のタバコだぜ？　味わっておかなくていいのかよ」

「人生最後なら、もう何からも身を守らなくていいからさ」

「お前、まだそういうスタンスで吸ってたのか」

「才人は違うの？」

「とっくに肺に入れちまったよ」

僕にタバコを教えてくれたのは才人だった。

『これはさ、鎧なんだよ』

『はあ』

『吸って吐いた煙が、こう、俺たちの周りを漂うだろ。それが、世間との緩衝材になってくれてるような気がするんだよ。嫌煙家のやつは、これだけでどこかへ遠ざかっていく。嫌われたとしても、ああこれはタバコのせいなんだって思える。自分じゃなくて、タバコが原因で嫌われたんだ、ってな。別に肺に入れなくったっていいんだよ、ふかすだけでいい。それだけで少し、楽に生きることができるんだ』

『ふーん、そういうもんなのか』

『おう。煙吐くだけで、ちょっと嫌なことがあっても、心が落ち着くぜ』

『んなことは分かってんだよ。百も承知で、それでも吸うんだ』

『なんか……ぐれた高校生みたいだね』

結局、こうして今に至るまで、僕はタバコをふかし続けた。

自分が嫌われた理由を、タバコのせいにできる。その一言が、僕に安心感を与えてくれていた。テンプレートに沿った言葉を使って心に予防線を引くように、周囲の環境から僕を守ってくれる盾が欲しかった。

「先週の日曜日、兄貴と会ってさ」

何本目か分からないタバコに火をつけながら、才人が言った。

カイトさんの存在を、既に僕が知っている前提の話ぶりだった。

「今度大きいイベントがあるから、そこに絵を出してくれないかって、言うんだ」

「うん」

「まあいつものことだから断ろうと思ってたんだけど、あの人、なんて言ったと思う？」

「友達の桐谷翔也君の考えたテーマを使ってみようと思うんだけど、それでやってみないか？」

「大正解」

苦々しく、煙と共に吐き捨てた。

「やってらんねえよな。俺の冬のテーマは、さっくり落ちてるっつーのに」

「なんか、ごめん」

「いいよ。お前のせいじゃない。遅かれ早かれ、起こってた齟齬だ」

なあ、翔也。と、才人は続ける。

「あの人、俺が公募で出してる絵に、気付いてると思うか？」

「気付いててほしいのか？」

「……もう分かんねえや」

才人は、名義を変えて、カイトさんが開いているコンペに応募していた。

何度も、何度も。それこそ、数えることが億劫になるくらいに。

そして彼の絵は、一度として採用されることがなかった。

その裏で、カイトさんは幾度となく才人に声をかけていたのにもかかわらず。

「普通に怖いっつーの。俺の今の実力を知らないやつが、俺の絵を選考ではねのけながら、満面の笑みでオファーかけてくるんだぜ。ホラーだよ」

「まったくだな」

この二人は、すれ違いの多い兄弟だ。

例えばカイトさんは幼少期以来、才人に嫌われていると思い込んでいるけれど。実際には、才人は自分を守ってくれたカイトさんのことを尊敬していて、認められたいと思っている。カイトさんは、その時期に見た才人の絵に普遍性を感じて惹かれたけれど、才人はカイトさんに認められるためだけに、絵を描き続けることにした。

大衆の目にとまる、普遍的な芸術性を求めたカイトさん。

ただ一人へのメッセージを込めた才人。

二人はどうしようもなく互いを求め合っているのに、だけど永遠にすれ違う。

そのことに、カイトさんは気付かない。才人も気付かない。

才人からすれば、ただひたすらに、昔自分が描いた絵に魅了された人が、その時と同じものを求めてくるのは恐怖だっただろう。

あの時の自分に戻らなくてはならない、追いつかなくてはならない。

いつか自分なら達成できるはずだという期待は、次第に思い込みへと変化していき、やがて「できなくてはならない」という強迫観念へと姿を変える。

そうして積もり積もった焦燥感（しょうそうかん）が爆発したのが、先週の日曜日。

「なあ、先週はなんですぐ来てくれなかったんだよ」

「言っただろ。従妹に付き合って、水族館に行ってたんだよ」

「水族館ねえ。そんなの、これからいくらでも見られるだろうに」

「まあそう言うなよ。僕と一緒に見られるのは、ラストだったんだから」

「はは、それもそうか」

才人の吸っていたタバコの火が消えた。

ポケット灰皿に吸い殻を捨てて、才人は言う。

「んじゃま、ぼちぼち行くか」

よっ、という掛け声と共に、フェンスを登っていく。

僕も才人の後を追う。フェンスは体重がかかるとわずかにたわんだけれど、まったく登れないというほどではなかった。

ほどなくして、僕と才人はフェンスの向こう側に下りた。

つま先の一メートルほど先にはもう足場はなくて、豆粒のようになった人混みと車が、ごちゃごちゃと入り乱れているのが見えた。

目線を少し上げると、一ノ瀬さんと一緒に回ったショッピングモールや、親塚駅が見えた。

思ったより駅から近いところにあるんだな、このビル。

「……結構高いな。やっぱ俺一人じゃ無理だったわ。いてくれてサンキュー、翔也」

確かに高い。

ここから身を投げ出せば、間違いなく死ぬだろう。

そんな恐怖が、体をこわばらせてしまうのだろうか。

声とは裏腹に、才人の足が細かく震えているのが見えた。

「どうする？　せーので、飛ぶか？」

多分、僕は飛べる。

この高さにいてなお、足は震えない。

ぽっかりと開いた空中に身を投げ出すことに、少しのためらいもなく足を踏み切ることもできるだろう。

「才人」

「な、なんだよいきなり触るなよ。びっくりするだろ……」

僕は、人として大切な、恐怖心とか、倫理観とか、そういう一切合切を、どこかに置き忘れてきてしまっているのかもしれない。

いったい人生のどこに置いてきたのか、それとも実は——もともと持っていなかったのか。

そのどちらなのかは、さっぱり分からないけれど。

どちらにせよ、僕は飛べる。

目をつぶると風の音が呼んでいる気がした。

足を進めるのは簡単だ。

足を止めるには覚悟が必要だ。

楽をしたいと思う。楽になりたいと思う。

二者択一の選択ならば、当然前者を選びたいと思う。

だけど、今。

向こう側から手招きをする風の音より大きく。

『君の小説、読めるといいな』

一ノ瀬さんの声が、聞こえたから。


「ごめん。やっぱり僕、死ねない」

僕はこの選択をする。

そう、決めた。

「……は?」

「戻ろう、才人。今ならまだ、なんの問題もなく日常生活に帰れるよ」

「……んでだよ」

大きな音を立てて、フェンスが歪んだ。

才人がフェンスをつかんで、思いきり揺らしていた。

がちゃがちゃっとした耳障りの悪い金属音は、まるで才人の心がきしむ音のようで、目と耳を覆いたくなるような雑音をたてる。

「……んでだよ、なんでだよ、なんでだよなんでなんだよ！　なんでお前まで、そういうこと言うんだよ！　約束したじゃねぇか！　あの日！　あの屋上で！　俺と、お前！　一緒に死のうって！」

「してないよ」

僕は首を横に振る。

「僕がしたのは、『才人を助ける』って約束だ。だから今から、お前を助ける」

「ちっげーだろ！　あれは……あの時の約束は！　そういう意味じゃねえだろ！　そんなの、お前もとっくに分かってんだろ！」

もちろんだ。こんなのはただの揚げ足取り。ただの言葉遊びだ。

だけど、その余地を残したのは、他でもない才人だ。

「なあ、いきなりどうしたっていうんだよ……。あれか？　カロンさんか？　あの人がお前をそんな風に変えちまったのかよ?」

「いや、カロンさんは……僕を殺そうとしたよ」

『好きだよ、翔也君。だから……ね?』

そう言ってカロンさんは、僕の手を彼女の首元に添えさせた。

同時に僕の肩を押さえつけていた彼女の両手は、僕の顔の方へ上がっていき——


——僕の首を絞めようとした。


もし、カロンさんが僕だけを選んでくれていれば。

僕は彼女の好意と行為を、甘んじて受け入れただろう。

だけどカロンさんは、未だ心の整理がつかないままに、僕を求めたから。

『ダメですよ、カロンさん』

『……ひどいよ、翔也君。私をここまで、その気にさせておいて』

僕は彼女を拒絶した。

『ごめんなさい。でも、ダメなんです。僕は——』

僕自身を求めてくれる人じゃないと、ダメなんです。

「分かってるだろ。僕とカロンさんは、そういう関係じゃないって」

カロンさんがどうして僕を殺そうとしたのか、本当のところはよく分からない。

自分のもとからいずれ離れてしまうかもしれない相手を、だけどどうしようもなく好きだから、手元に残しておきたくて殺す。

恐らくそんなところだろうと予想はしているけれど、だとすればなぜ彼女は、僕の手を自分の首元に持っていったのだろうか。

愛しい人の命を絶つか、あるいは愛しい人の手で自分の命を絶ってもらうか、そのどちらかでしか、愛情を計ることができなくなってしまったのか——あるいは、それが一番の幸せだと思い込もうとして、自己暗示をかけていたのか。

彼女に片思いをして、そして失恋した僕には、もうどうすることもできないけれど。

いつか彼女を縛り付けている暗示が解けることを願っている。

「じゃあ、じゃあ……一体どうして」

「そうだな……」

僕は才人の片手を持って、僕の胸の前にあてた。

だだっ広い空間と、吹きすさぶ風を背負いながら、才人に問う。

「今、お前が右手を押せば、僕は簡単に死ぬ。そしたら……才人は、満足？」

「んなわけ……ねえだろ！　俺は別に、お前だけに死んでほしいわけじゃねえんだよ！」

「そっか」

少し、安堵した。

一ノ瀬さんの話では、何度ループしても、死んでいるのは「僕だけ」だという話だった。カロンさんが相手だった場合、おそらく僕は、彼女のことを殺さず、黙って首を絞められるのだろう。

でも、才人が相手だった場合はどうだろう。

才人はなぜ、飛び降りなかったのだろうか。

恐怖に足がすくんで、動けなくなったから？

それとも……僕を、後ろから押したから？

どちらの可能性も捨てきれなかったけれど、今確信した。才人は僕を殺さない。

ただ、僕だけが飛び降りて、あとを追うことができなかっただけだ。

きっと才人はまだ、生きたいと思っている。本人が自覚できないくらいの、深い深い、心の奥底で。なら、勝算はある。

「人ってさ、簡単に死ねるんだよね」

なぜ自殺しようと思ったのか、と聞かれた時、僕は明確な答えを返せない。

高校の頃に自殺をテーマにした小説を書いて、それからぼんやりと、死ぬことについて考え続けてきた。

そのうち、頭の中の大半をその思考が占めるようになってきて、僕は大学生になってから初めて自殺を試みた。

結局その時の自殺は失敗に終わったけれど、社会人になってからも、ずっと考え続けてきた。

なぜ僕は死のうと思うのだろう?

それはもしかしたら、あの時経験したいじめが原因かもしれない。

理不尽に降ってくる、上司からの小言や仕事が原因かもしれない。

過去と未来だけに囚(とら)われて、今を全く見てくれない、母親からの電話が原因かもしれない。

朝起きた時にふと去来する、言いようのない不安が原因かもしれない。

あるいは雨の日に訪れる片頭痛や、走ればびしょ濡れになるのが分かっていながら、時間ぎりぎりまで家にこもってしまっていた、自分の愚かさが原因かもしれない。

ちっとも自分を見てくれない、憧れの女上司への葛藤が、そうさせるのかもしれない。

傷つくのが怖いからと、どこかで聞いたような、誰かが一度口にしたことのあるような、テンプレートをなぞった台詞を吐き続ける、自分の弱さが嫌いだからかもしれない。

何より命を軽く扱おうとする、自分自身の狂った価値観に対して、嫌気が差しているからかもしれない。


明確な一つの理由があるわけではない。

ただ、毎日のうちに少しずつ散り積もっていった不満やストレスが、ある一定のラインを超えた時。

何もかもが億劫になって、やることなすこと全てが嫌になって、部屋に散らかったゴミを片付けることもせず。

ポストにたまった広告やチラシをそのままにして、ゆっくりと積もっていく埃と共に、心に負の感情を募らせて。

次第に肥大化するどろりとしたそれを、ただ漫然と眺めているうちに。

ある日ふと、死ぬことを考える。

世の中にはもっと苦労している人がごまんといるのだと言う人がいるかもしれない。甘えるな、根性を見せろと言う人もいるかもしれない。

だけど、その死を思うラインに到達するまでの速度は人それぞれで。自分以上に辛い人がいるのだから、自分も頑張らなくてはいけない……とは、ならないはずで。

そうやって僕たちは、たったそれだけのことで、死を選んでいく。

そんなことで死ぬのか？　と誰かに聞かれたならば。

そんなことで死ぬのだと、僕は答えるだろう。

「本当に簡単に死ぬ。なんで生きてなきゃいけないんだろう。どうしてこんな辛いのに、まだ頑張らなくちゃいけないんだろうって、思うから。だけどさ」

僕は続ける。

「なんで生きているか、なんて、誰にも分からないんだよな」

どうして生きているのか。なんのために生きているのか。

そんなことに明確な答えをもって生きている人間なんて、いるはずもない。

だけど、ふとした瞬間に考えてしまう。死んだ方がましなんじゃないか、って。なんで生きているんだろう。答えのない問いに解を探したところで、見つかるはずもないのに。

「考えるだけ、無駄だって言うのかよ……」

「そうかもしれない」

「でも……でもさあ……！」

才人が叫ぶ。

「辛いんだよ……苦しいんだよ……っ！　過去の栄光を引きずられたまま期待されるのも……！　その相手に憧れて真似をするのも！　だけど真似をしたって到底かないっこないってことを、仕事でもプライベートでも思い知らされるのも！　憧れている相手が！　一切今の自分に興味がないことにも！　全部全部、辛いんだよ！　投げ出しちまいたいんだよ！」

形は違えど、僕は才人に共感する。

今だって、彼と共にこのビルから飛び降りてしまいたい気持ちは、少なからずある。

「だったらもういいだろ！　終わらせたって構わないだろ！　誰が俺を責められるんだよ、いったい誰が俺を咎めるんだよ！　誰かを殺すわけでもない、法で裁かれるわけでもない！」

過程も違う。

境遇も違う。

悩みの種類も違えば、重さも違う。

それでも、行きついた答えは一緒だったから、僕は才人に共感する。

「もう解放されたいんだよ！　息苦しい生活から！　毎朝目覚めるたびに重苦しくのしかかってくる目に見えない重圧から！　何を食べても砂を噛んでるように思える食事から！　誰と話しても疲弊（ひへい）する人間関係から！　いつまでも止まらない季節の巡りから！　もう、解放されたいんだよ！　俺にはもう、これしか選択肢は残ってないんだ！」

こんな時、人は言うのだろう。

死んじゃダメだ。考え直せ。

人生はいくらでもやり直せる。

楽しいことがたくさんあるんだと。

そんなどこかで聞いたことがあるような、テンプレート（決まり文句）を投げかけてくるのだろう。

「なのにお前は、止めるって言うのかよ！　ダメだって……言うのかよ！」

テンプレートは嫌いだ。

没個性的で、凡百に紛れてしまっていて、お前は有象無象の一人だと突き付けられているような錯覚に陥って、誰が責めるでもないのに、ただ一人自分だけが自分自身を責めてしまう。

それでも僕は今、テンプレート通りの言葉を選択する。

「ああ、ダメだ!」

テンプレートの中に、僕だけの意味を込めて、ひた叫ぶ。

もしかしたらこれは——僕自身を説得するための言葉なのかもしれない。

ずっとずっと、自分の命に無頓着(むとんちゃく)で、いつだって人生を終わらせられると思っていた。

そんな僕が、こうして才人と違う道を選び取ろうとしているのは。

ひとえに、たった一人、身を粉(こ)にして僕を助けようとしてくれた人がいたからだ。

一ノ瀬茉莉花という存在が、自分の身を顧みることなく、ただ僕を助けるためだけに尽力してくれたからだ。

そんな彼女の生き方に、ひたむきさに、僕が少しでも憧れたからだ。

「なあ才人! 僕たちは!」

全てのループで僕を救おうとしてくれた彼女に。

「笑ってしまうくらい格好悪くても!」

僕の死の原因を知ってなお、笑顔で送り出してくれた彼女に。

「目も当てられないくらい見苦しくても!」

自分の行先すら決められない駄目な僕の背中を、そっと優しく押してくれた彼女に。

「どうしようもなく、みっともなくても――っ！」

そして何より、僕の小説が読みたいと、柔らかく微笑んでくれた彼女に。

「それでも――っ！」

――ただ明日を見せたいと、願うからだ。


「それでも僕らは、生きていくんだ！」


無意識につかんでいた胸倉から手を離すと、才人はずるずるとフェンスに寄り掛かり、そのままくたっと腰を下ろした。

「いつの間に、そんなに強くなったんだよ……」

「支えてくれる人が、いたから」

「ああそうか……なんで忘れてたんだ。従妹ちゃんか」

僕は無言で肯定する。

才人は力なく笑った。

「いいよな、お前は。そういう人が周りにいて。俺にはいない……お前みたいに、立ち直れないよ」

「馬鹿言うなよ。いるだろ、ここに」

差し伸べた手と、僕の顔を、困惑したように交互に見つめた。

「お前が……？」

「なんだよ、僕じゃ不足だって言うのか？」

「いや、そうじゃないけど……いいのかよ」

「何言ってんだいまさら」

彼女が僕にしてくれたように。

僕も、才人にしてあげられるだろうか？

「お前を助けるって。ずっとそう、約束してただろ？」

終幕　巡る季節につま先を向けて

結局どっちが正しいのだろう？　なんて。きっと君は、情緒のないことを考えるんだろうね。

三月二十七日　土曜日【青色】

イベントホールの入り口を抜けると、大きな一枚絵が目の前に飾ってあった。

テーマ「夏」。

タイトル「雑音」。

そのタイトルとは裏腹に、キャンパス一面を占めているのは静寂が似合いそうな青色で、このタイトルにはどんな意味があるのだろうかと、キャンパスの前に立って、じっくりと眺めてみたくなる。

絵の横にかけられたプラスチックの看板には、作者の名前が添えられていた。芸術方面に明るくない僕は全く知らない人の名前だったけれど、こうして名前と作品が残るのは、やっぱりいいなあとしみじみと思った。


去年の冬。ふと思い立って小説を書くことにした。

フリーランスでさまざまなデザインを作り、世に残していく才人を見て、僕も真似をしてみたくなったのだと思う。自分の死後、この世から僕が消えた後も、確かに僕がいた証として残る何かを。

もちろん書籍として世に出回ることを夢想していたわけではない。

今はネット上の投稿サイトに残すことができるし、パソコンに入れておけば、僕の死後誰かが見る可能性だってあるだろう。

あるいは、たとえ世界に残らなくても、何か一つ、特別なことをやり遂げたという達成感が欲しかったのかもしれない。

そんな淡い野望とは裏腹に、全く筆が進まなかった僕の前に現れたのが、一ノ瀬さんだった。

六日後に僕が死ぬと彼女の口から聞いた時、僕は「まあ、そうだろうなあ」と他人事のように思った。

相手は才人かカロンさんか……、あの時はどちらか見当はついていなかったが、正直どちらでもあり得ると思っていた。僕は自分の命に頓着していなかったし、二人が僕のそういうところに惹かれているのを知っていたから。

その事実を一ノ瀬さんにずっと伝えなかったのは、彼女の生き様に興味があったからだ。

一ノ瀬さんがどうやってこの状況を打破するのか、どうやって僕の死を回避しようと動くのか、この目で確かめて小説にしようと、身勝手にも考えたからだ。

『きみ、まわる。ぼく、とまる。』

僕が未来に書く小説のタイトルを彼女が言った時、自分が経験したことしか書けない僕が、必死に、一ノ瀬さんと僕を主題に物語を紡ごうとしているのだと悟った。

「きみ、まわる。」というのは、ループしている一ノ瀬さんのことだろう。

そして、「ぼく、とまる。」というのは、命に頓着せずに自殺を図る僕が、永久に流転する時間の輪の中から抜け出さず、停滞していることを指しているのだろう。

タイムリープしている一ノ瀬さんと、自殺しようとしている僕を題材にして、僕がつけそうなタイトルだった。

そして、僕が自殺しようとしていることを、彼女が知るはずもない。

もし知っていたとすれば、犯人探しなんて回りくどいことをするはずがない。

だから僕は、一ノ瀬さんの言葉を信じて、彼女と一緒に一週間を過ごしながら、その日々をベースに物語を描いた。

今にして思えば。

僕は彼女の行きつく先だけではなく、一ノ瀬さんと関わったことで、自分がどうやって変わっていくのか、たどり着くゴールが変わるのか、興味があったのかもしれない。

小説は完成した。

二週間の記録をもとにして、時々、才人やカロンさんの話を織り交ぜたりして、紆余曲折(うよきょくせつ)を経て、それなりの分量を持って、拙(つたな)いながらも、物語は一応の形を成した。

だけどとある二つの理由から、まだ誰にも見せていない。

あの日、僕の小説を求めてくれた一ノ瀬さんにすら、まだ見せていなかった。

イベントホールの奥へと歩を進める。

カイトさんは約束通り、僕と一ノ瀬さんにチケットを送ってくれた。

すごくよい出来だから、ぜひ二人には見に来てほしい。あの時のお詫(わ)びも兼ねて。そうメッセージが添えられていた。

春夏秋冬に沿ったテーマをもとにつくるのは、何も絵だけではなく、オブジェでもいいらしかった。

テーマ「秋」。

タイトル「旅立ち」。

そう書かれた看板の横には、黄色い落ち葉の上に転がった口紅と、むせ返るような秋を感じるイチョウの並木道が描かれたコンクリートの壁が立っていた。

芸術というのはやっぱりよく分からないけれど、暑く騒がしい緑生い茂る夏が終わり、色なき風が落ち葉を巻き上げる、少しもの悲しさを感じる秋についたタイトルが「旅立ち」というのは、なんだか前向きでいいなと思った。

イベントホールの会場では、どうやらあらゆる芸術家たちを集めた、フリーマーケットのようなものが開催されているらしい。「コミケのお堅い芸術版だよ」とざっくり説明してくれた才人の言葉を思い出して、少し口角が上がった。

会場の方には行かず、中庭に続く道を歩く。

目当てのものは、すぐに見つかった。

テーマ「冬」。

タイトル「真実」。

作者「ＳＡＩＴＯ」。

風で舞い上がった粉雪が、街灯に照らされて、人の形を作っている。

そこに手を伸ばす幼子（おさなご）の目からは、透明なプリズムが、いくつもいくつも零れ落ちていた。

あいつが何を思ってこの絵を描いたのか、僕がふと思いついただけのタイトルをどのように解釈したのか、全く分からない。

だけど、うん。

この絵は好きだ。

撮影ＯＫと書かれていたので、スマホで一枚、写真を撮る。

横を通り過ぎていったカップルのうちの一人が足を止めて、「この絵、すごくきれいだね」と相方にささやいていた。なぜだか僕が嬉しくなった。あいつはきっと、大丈夫だ。

残るは、「春」だけか。

入り口で手にしたパンフレットによると、中庭にあるらしい。

そのまままっすぐ進むと、屋外に出た。

あの濃密な二週間から三か月が経ち、季節はすっかり入れ替わっていた。

身を切るように冷たかった風は、今は撫でるように穏やかに、僕の肌の上を通り過ぎていく。

中庭の中央に、最後のオブジェは立っていた。

これは……オブジェと言っていいのだろうか。

そこに植わっていたのは、一本の大きな桜の木だった。ちょうど満開を迎えているらしく、盛大に咲き誇る桜の木は、そこにあるだけで美しかった。

桜の木の周りには、なんらかの金属でできたメビウスの輪のようなものが施してある。

テーマ「春」。

タイトル「矛盾」。

もしかしたら。

春は別れの時でもあって、同時に、出会いの時期でもあるから。

それらがつながり合う、節目の春という季節に、作者は矛盾を感じたのだろうか。

……いや、そんな簡単なテーマ設定ではないだろう。

自分の考えを一蹴して、目線を上げる。

堂々とそびえ立つ桜の木。ひらひらと薄桃色の花びらを散らす桜の木。

それが美しいと思うだけで。

ただそれだけでいい。

「翔也君」

振り向くと、少し離れたところに一ノ瀬さんがいた。

桜の木の下で、舞い散る花びらを体いっぱいに受けながら、楽しそうに微笑んでいた。

「これ、すごいよね」

「うん。テーマとか解釈とかはよく分からないけど……圧倒される」

「だね」

そう短く答えて、一ノ瀬さんも桜の木を見上げた。

彼女はループを抜け出した。

連綿と続いた、終わりなき時間の輪の中から脱出した。

あの日、才人の説得に成功し、無事に生きて帰った僕を見て、一ノ瀬さんは激しく泣き崩れた。よかった、よかったと繰り返しながら、僕の胸元がぐっしょりと濡れるほどに、涙を流し続けた。

それ以来、彼女はタイムリープしていない。

僕が自分の命を粗末に扱うことを……死ぬことをあきらめたのだから、当然だ。

長い、長い冬を経て、一ノ瀬さんはようやく、春にたどり着くことができたのだ。

だけど。

僕は時折、ふと考える。

考えてしまう。

彼女は本当に、タイムリープなんてしていたのだろうか?

僕が小説を書いていることを知るはずがない。

何より、僕が自殺することを知るはずがない。

それが、彼女がタイムリープをしていると信じていた、最大の根拠だった。

僕は高校生の頃、精神科に通っていたことがあった。

その時教えてもらったのが、自分のメンタル状態を客観的に把握するために、毎日手帳やカレンダーに、シールを貼ることだった。

精神状態が良い時は青色。

そこから緑、黄色、オレンジ、赤と、酷い精神状態の時ほど、赤色に近づけていく。そうすることで、いつ自分の感情が不安定になっているのか、あるいは、良い状態にあるのか。把握することができる、というものだ。

僕は高校以来、癖でずっとシールを手帳に貼り付けていたのだけれど。

もし、彼女があの手帳を見たことがあったとすれば、どうだろうか？

例えば、ある雨の日に手帳を拾ったのが一ノ瀬さんで、たまたま見えたページに書いてある小説の走り書きや、日ごとに貼られたシールを目撃していたとしたら？

例えば彼女は、実は僕の中学校の同級生で、僕がいじめを助けたことがあって、それを恩義に感じていたとしたら？

一ノ瀬さんが働いているのが、実は病院の受付なんかじゃなくて、あの病院で働く心理カウンセラーだったと知った時、それらの証拠が更に裏付けられた気分になった。

心のケアのプロフェッショナルであるカウンセラーならば、手帳に貼られたシールが、日を追うごとに赤みを増していく意味に、気付くことができたのではないだろうか？

そして何より、超記憶能力、HSAMを持つ彼女ならば、シールの色がどのように変化しているのか、記憶しておくことも可能だったのではないだろうか？

僕の過去にやたらと詳しいのは、幾度も重ねたタイムリープの賜物(たまもの)なんかじゃなくて、ただ単純に、僕のことを知っていたからなのではないだろうか？

もしそうだとすれば、犯人を捕まえようとするよりも、僕という人間を知るために仲良くなろうとして、毎日会って、毎日メッセージをやり取りして、僕が死なないことを何よりも優先していた彼女の行動も、すんなり飲み込める気がするのだ。

確率はごくごく低いだろう。

小さい頃の知り合いが、たまたま僕の住んでいる街にきて、僕の手帳を拾って、僕が自殺をしてしまいそうな精神状態だと察し、それを止めようと画策しただなんて。

しかもそのために、自分がタイムリープしているという、演技までして。

分かっている。

こんなのはただの空想、滑稽（こっけい）な妄想、荒唐無稽な深読みだ。

だけど――彼女が本当にタイムリープしていたと考えるのと、一体どちらの方が現実味があるのだろうか？

僕には分からない。

結局、自分が書いた小説を読み返しても、見つけることができなかった。

できれば僕は、一ノ瀬さんに小説を見せる前に、自分だけの力で答えにたどり着いて、その真相を物語の最後に書き記して、彼女を驚かせたいと思っていたのだけれど。

どうやら僕では力不足のようだ。

だからどうか――この小説を読む人に、探してみてほしい。

一ノ瀬さんがタイムリープをしていた、その証拠を。

あるいは、していないという確かな証左を。

根拠はない。だけど、この小説の中のどこかに答えはあるはずだと、半ば僕は確信しているから。

ふと気がつくと、いつの間にか目の前に、一ノ瀬さんが立っていた。

「ところで、翔也君」

僕の顔を覗き込んで、うかがうように言う。

「小説、いつになったら読ませてくれるの？」

「それは……」

口ごもる。

一ノ瀬さんに見せるのをためらっている理由は、もう一つある。

彼女が本当にタイムリープしていたのかどうか、それを確かめるのはあきらめるとしても。

あの小説を見せるというのは――

「やっぱり、見せなきゃダメ？」

「え、いまさら何言ってるの？」

「だって……」

単純に、気恥ずかしい。

読み返しているうちに気が付いた。

これは、僕の物語だ。

当然、主人公はうじうじしていて格好悪いし、言動は自分勝手で、目も当てられない。

文章だってひどいものだ。作法もろくに知らないものだから、てんで好き勝手に書き連ねられた地の文は、その時の気分によって揺れ動いて、ちっとも統一感がありやしない。

できあがってみれば、それは小説と呼ぶにはおこがましい代物で、あまりの気恥ずかしさに、読み終わった後に七転八倒してしまった。

「それでさ、これからもう少し勉強して、色んな話を書いて、練習しようと思ってるんだ。どれくらいかかるか分からないけど、できるだけ早く上達できるように頑張るから。だから、もっと、ちゃんとした物が書けたら、その時は――」

「やーれやれ」

一ノ瀬さんは呆れたような口調で、だけど優しい表情を浮かべながら、僕の言葉を遮った。

「分かってないなあ、翔也君は」

「え？」

「そんなの全部、分かり切ったことじゃない。君が君を題材にした小説なんだから、恥ずかしくて当然。初めて書き切った、いわば処女作なんだから、色々と足りてないところがあるのも当たり前。そうでしょ？」

「けど――」

「あのね、翔也君。よく聞いて」

一ノ瀬さんが僕の手を取った。そのまま彼女はまっすぐに、言葉と視線を投げかける。吸い込まれるような美しい瞳が、僕を捉えて離さない。

「描くて、不器用で、格好悪くて、体裁も整ってないような、そんな、みっともないものだから」

僕は目をそらせない。

「読み返すだけで顔が火照って、思わず声をあげて転げまわっちゃうような、そんな、とっても恥ずかしいものだから」

僕は目を、そらせない。

「だから私は――」

風が、吹き上がった。

「君の小説が読みたい」

風は桜吹雪を舞い踊らせて、一ノ瀬さんの髪に絡んで遊ぶ。

「だってそれは、君にしか紡げない、君だけの言葉で書かれた、かけがえのない、大切な、大切な物語なんだ。

一緒に読みたいんだよ。一緒に感想を言い合いたいんだよ。

泣いたり、笑ったり、怒ったりしながら、感情を共有して、一つにして、こんなこともあったねって、目を交わし合ったり、あの時は辛かったねって、肩を寄せ合ったり。

そうやって一つ一つ丁寧に、ページをめくっていきたいんだよ。

もしかしたら、辛い痛みを伴うことがあるかもしれない。

一人じゃ嚥下できないくらい、苦い味がするかもしれない。

だけど……ううん。

だからこそ。

手を握り合って、呑み込んで、二人で痛みを分かち合って、これから先、目の前に果てしなく広がっている『未来』って名前の大きな大きな道のりを——一緒に進んでいきたいんだよ」

ね？　と、一ノ瀬さんは微笑んだ。

どのくらい経ってからだろうか。

僕は思い出したように息をして、そして声を出して笑った。

まったく……かなわないな、一ノ瀬さんには。

辛い時も苦しい時も、悩んでいる時もへこんでいる時も。

彼女はいつだって傍にいて……全部、吹き飛ばしてくれるんだから。

さて、と僕は考える。

あの日——一ノ瀬さんの部屋を出る直前、彼女は今と同じ言葉を投げかけた。あの時はまだ、答える権利を持ち合わせてはいなかったから、返事をしてはいなかったのだけれど。

今ならばいいだろうか。

今ならば見せられるだろうか。

僕の格好悪い小説（これまで）を。

僕のみっともない小説（これから）を。

ほんの少し逡巡して——だけど思ったよりも早く結論は出た。

もしかしたら、もともと答えなんて、一つしかなかったのかもしれない。

「うん、分かった。帰ったら。見せるよ」

「えへへ、やった」

嬉しそうに破顔して、一ノ瀬さんは桜の木へと駆け出した。

さっきまでとは打って変わって、子供みたいなはしゃぎように、僕は思わず笑ってしまう。

そうだな……一ノ瀬さんに見せる前に、今日のことを書き加えておこう。

折角読んでもらうのならば、いっそのこと、彼女には全部知ってもらいたい。そう思った。

「見て見て、翔也君！　雪みたい！」

大きな桜の木の下で、一ノ瀬さんが両手を広げて回っていた。

まるで久しぶりに巡り合えた桜の花びらと、愛おしくダンスをするように。

くるくる、くるくると。

彼女は回る。大きな桜の木の下で。

僕は止まっている。彼女から少し、距離を置いて。

「翔也君、こっちおいでよー！」

一ノ瀬さんが呼んでいる。

順調に、正常に、巡り始めた季節の上に。

僕は一歩――足を踏み出した。

（了）

閉幕　そして彼女は読み終わる

それ以上スクロールできないことを確認して、一ノ瀬茉莉花は一つ、大きな伸びをした。

時刻はとうの昔にてっぺんを越え、時計の刻む秒針の音だけが、静かな部屋の中に響いていた。

「頑張ったね、翔也君」

ディスプレイに映った小説を眺めながら優しくつぶやいて、ふとある一文で目をとめた。

彼女は本当に、タイムリープなんてしていたのだろうか？

まったく、やっぱり翔也君には情緒が足りないんだから。と茉莉花は唇を尖らせた。

そういうのはたとえ思っていたとしても、心にそっとしまっておくものだよ？

しかし——と茉莉花は考える。

彼女が読んだ限りでは、ちゃんと情報は揃っていた。

こっそりと、さりげなく、色々なところに散らばって、紛れ込んではいたけれど、真実に至るためのピースは、確かに物語の中に隠れていた。

だけど同時に、彼の視点だけで書かれたこの小説では、真相にたどり着くのは難しいということも察していた。

しばし逡巡したのち、「しょうがないなあ」とつぶやいて、茉莉花はキーボードに指を走らせた。

彼が作った話を崩さないように。ほんの少しだけ、真相に近づきやすくするために。

「さて、それでは問題です」

やがて、エンターキーが静かに押されて

「果たして私は、タイムリープしていたでしょーか?」

彼女は彼の小説に、十八行の文章を書き足した。

今日から、契約家族はじめます

I will start the contract family from today

浅名ゆうな
Yuna Asana

あの、連れ子4人って聞いてませんでしたけど…!?

最愛の母を亡くし、天涯孤独の身となった高校生のひなこ。悲しみに暮れる中、出会ったのは、端整な顔立ちをした男性。生前、母は彼の家で通いのハウスキーパーをしていたというのだが、なんと彼は、ひなこに契約結婚を持ちかけてきて――
訳アリ夫＋連れ子四人と一緒に、今日から、契約家族はじめます！　ひとつ屋根の下で綴られる、ハートフル・ストーリー！

◎定価：本体640円＋税　◎ISBN978-4-434-27423-7

◉illustration:加々見絵里

神さまのレストラン
東 万里央
Mario Azuma presents
思い出の一皿
お出しします。
神さまのレストラン
東 万里央
思い出の一皿
お出しします。

この作品に対する皆様のご意見・ご感想をお待ちしております。

おハガキ・お手紙は以下の宛先にお送りください。

【宛先】

〒150-6008 東京都渋谷区恵比寿 4-20-3 恵比寿ｶﾞｰﾃﾞﾝﾌﾟﾚｲｽﾀﾜｰ 8F
（株）アルファポリス　書籍感想係

メールフォームでのご意見・ご感想は右のＱＲコードから、
あるいは以下のワードで検索をかけてください。

ご感想はこちらから

アルファポリス文庫

君の小説が読みたい

玄武聡一郎（げんぶそういちろう）

2020年 6月30日初版発行

編集－今井太一・芦田尚・宮坂剛
編集長－太田鉄平
発行者－梶本雄介
発行所－株式会社アルファポリス
〒150-6008東京都渋谷区恵比寿4-20-3恵比寿ｶﾞｰﾃﾞﾝﾌﾟﾚｲｽﾀﾜｰ8F
TEL 03-6277-1601（営業） 03-6277-1602（編集）
URL https://www.alphapolis.co.jp/
発売元－株式会社星雲社（共同出版社・流通責任出版社）
〒112-0005東京都文京区水道1-3-30
TEL 03-3868-3275
装丁イラスト－和遥キナ
装丁デザイン－AFTERGLOW
印刷－中央精版印刷株式会社

価格はカバーに表示されてあります。

落丁乱丁の場合はアルファポリスまでご連絡ください。

送料は小社負担でお取り替えします。


ISBN978-4-434-27425-1 C0193